楽しい孤独
小林一茶はなぜ辞世の句を詠まなかったのか

大谷弘至
俳人

746
中公新書ラクレ

目次

楽しい孤独
小林一茶はなぜ辞世の句を詠まなかったのか

序章——一茶とウイルス

愛娘さと

一八一九年（文政二年）六月、江戸後期の俳人・小林一茶は、ウイルス感染症で娘の「さと」を亡くしています。さとは、数えでまだ二歳でした。

当時蔓延していた天然痘に罹ってしまうと二十パーセントから五十パーセントの確率で亡くなります。天然痘は感染率も死亡率も高くとても恐れられた感染症でした。

一七九六年にイギリスの医学者エドワード・ジェンナーが世界で初めてワクチン（牛痘法）を開発したことによって、この感染症は根絶に向かいますが、牛痘法が日本に伝えられるのは、さとが亡くなって三十年経った一八四九年（嘉永二年）のことでした。長崎・出島の蘭館医オットー・モーニッケが種痘に成功すると、牛痘ワクチンは日本でも広まりはじめたのです。

露(つゆ)の世は露の世ながらさりながら　　一茶

この世は、草木の葉の上に結ぶ露のようにはかないものであることは重々承知しているけれども、そうであるとはいえ、つらいことだと一茶は詠(よ)みます。さとは年老いて授かった可愛い一人娘でした。一茶にはその死はおよそ受け入れられるものではありません。

一茶はいつも孤独でした。三歳で実母を失い、代わりにやってきた継母により、十五歳で信州柏原(かしわばら)（現・長野県上水内郡信濃町）の生家を追われ、江戸で奉公することになります。当時、「家」とは、個人にとって社会的存在としての絶対的な拠(よ)り所でした。その家を追われるということは、何者でもなくなることに等しく、一茶は根無し草のように生きることになったのです。

そんな一茶も五十二歳という老齢にしてようやく妻や子どもと一緒に暮らすことになりました。しかし、その幸せもつかのま、あいつぐ妻子との死別によりふたたび独りぼっちになります。

一茶の孤独は現代人であるわれわれのそれと似ているかもしれません。本書ではそれをみていきますが、一茶が抱えていた孤独は、いま、わたしたちが抱えることになった孤独であるように思えるのです。

一茶は、平均寿命（出生時の平均余命）が三十六歳だった時代に、六十五歳まで生きました。二歳で亡くなったさとのように、当時は乳幼児の死亡率が高かったことから平均寿命が短かったこともありますが、いまの年齢に置き換えれば、九十歳以上の長寿を全うしたと言えるのかもしれません。

ひるがえって現代の日本は、男性の平均寿命が八一・六四歳、女性が八七・七四歳（二〇二〇年時点）、人生百年時代となる超高齢社会に突入しています。さらには最新のゲノム医療など医学の発達によって、人類は、秦の始皇帝や歴史上の絶対権力者たちが欲した「不老」を近い将来手に入れるとまで言われています。

しかし寿命が延びることで、わたしたちは、昔より幸せな、よりよい人生を送っていると言えるのでしょうか。

作家の有吉佐和子さんが小説『恍惚の人』を発表して、認知症（当時は痴呆症とよばれていた）になっていく一家の主と、その介護に翻弄される家族を描いたのは、一九七二年（昭和四十七年）のことでした。この本はベストセラーとなり、認知症患者の老後や福祉の貧困を、初めて社会問題の俎上に載せましたが、じつは、この前年、日本人の平均寿命が男女ともに七十歳を超えたのです。

高度経済成長を遂げた日本は豊かになり医療環境もよくなって、世界一の長寿国へと寿命が延びていくとともに、認知症患者も増え、いまや日本の認知症有病率は世界一となっています。

人は、長生きすればするほど病や苦しみを背負うことになります。それだけではありません。かけがえのない人を亡くす、両親、兄弟姉妹、夫や妻との死別、あるいは子どもに先立たれることもあるかもしれません。愛した人たちが愛し合った記憶とともに、ひとり、またひとりと世を去っていきます。そして最後はみんなひとりになります。

人生が延びた分だけ、思いも寄らない不安や心配事も増えてきました。最近では、ひとり暮らしの末の孤独死のみならず、たとえ親子で同居していても、「八〇五〇」問題といって要介護の八十代の親と、引きこもりのまま成人に達し五十代になった子どもが

「共倒れ」する事例もでてきました。

「親のない雀」は一茶自身

ここで、一茶のよく知られた句を並べてみます。

我と来て遊べや親のない雀

痩蛙まけるな一茶是に有

やれ打つな蝿が手をすり足をする

ユーモラスで童心を詠んだような一茶の句は、俳句に長じた人々から「子ども向けであり、深みがない」と酷評されますが、掲句はまさにその代表作です。はたして、これらの句はこの評価どおりに読まれるべきものなのでしょうか。

たとえば、一句目。「親のない雀」とは、一茶自身の姿にほかなりません。一茶は三歳で母・くにを亡くしています。その後やってきた継母のさつと折り合いが悪く、異母弟・仙六が生まれてからは、いっそう険悪なものとなりました。仙六がむずかると、一茶のせいだと親に疑われ杖で折檻されたといいます。

じつの母を失い、継母にいじめられ、父親に庇いだてもされず、「親のない一茶」に居場所はありません。一生消えることのない、心に深い傷を負ったに違いありません。その証拠に、この句は、文政二年、つまり、愛娘さとを亡くした一茶五十七歳のときの『おらが春』に所収されています。しかし、この句からは、なぜか陰湿な暗さは微塵も感じられず、童話のようなほのぼのとした光景に慈愛の光が射しこんでいるようです。

明治になって俳句、短歌の革新運動に取り組んだ正岡子規は、一茶の特徴を「主として滑稽、諷刺、慈愛の三点にあり」と指摘しました。こんな句もあります。

雀の子そこのけそこのけ御馬が通る

季語は、先の句と同様「雀の子」で季節は春。馬の足運びを連想させるような畳語のリズムで、悠長に遊んでいる雀の前に近づいてくるのは大名行列か伝令の馬なのでしょうか。滑稽と慈愛。そして、権力にふんぞり返る武士を風刺しています。柏原が北国街道の宿場町なので、一茶には大名行列を皮肉交じりに詠んだ句がたくさんあります。

ずぶ濡れの大名を見る炬燵哉

季語は「炬燵」で冬。冷たい冬の雨の中を往く大名行列を自分は炬燵に入ってぬくぬくとその様子を眺めている。まるで身分が入れ替わったようで痛快だというのです。一茶は反骨の人でもありました。

「滑稽・諷刺・慈愛」の眼差しは、自分の老いや貧しさにも容赦なく向けられます。

梅が香やどなたが来ても欠茶碗

もともとの一人前ぞ雑煮膳

一句目。季語は「梅の花」で春。貧乏でわが庵にある茶碗はどれも欠けている。茶碗が欠けても買い換えることもない。貧乏を憂いている句なのに、悠然と構えていて、弟子や友人の来訪を喜び、貧乏を楽しんでいる雰囲気が伝わってきます。

二句目。最晩年の句。「雑煮」で季節は新年。前の年に妻子を相次いで亡くしています。本来であれば、家族三人で迎えたはずの正月ですが、そこには老いた一茶ひとりしかいません。ひとりで食べる正月料理ほど虚しいものはないでしょう。「もともとひとりだったではないか」と自分に言い聞かせるように詠んだ句です。悲しみを静かに、そして前向きに受け入れている一茶がいます。

十五歳で放逐され家を失い、その後は根無し草となって漂泊、晩年ようやく故郷・柏原に戻ったものの、妻や幼い子どもたちと死別、最後は大火で母屋を失い土蔵暮らしで六十五歳の生涯を終えた一茶ほど悲惨な人生を送った人はそういないかもしれません。

これほどの不幸に見舞われると、人は嫉妬や無念や悲しみや怒りで、宮崎駿監督の映画『もののけ姫』に登場した「タタリ神」のようなルサンチマンの虜になるものですが、一茶は仏教で言う「三毒」、すなわち貪（我欲）・瞋（怒り）・痴（妄執）に囚われることはなかったのです。わが身に沸きあがる我欲、怒り、妄執を鎮め、詩歌に昇華させたものが一茶の俳句でした。

信州柏原は浄土真宗の門徒の多い土地柄でした。一茶の家も代々真宗門徒で両親も敬虔な門徒です。真宗の開祖・親鸞は最後に「自然法爾」の境地に至ったといわれます。自然法爾とは、「あるがまま」を肯定すること。人間があれこれ無駄な手立てを講じるのではなく、人為を超えた阿弥陀仏の力に一切の救済を任せて生きていくことです。

一茶の俳風の根本には真宗の思想があり、年齢を深めるごとに親鸞が到達した境地の世界観が色濃くにじみでてきます。

江戸時代の〝直木賞作家〟

さて、「一茶の句は深みがない」という偏見が生まれるには、もうひとつ理由がありました。それは、彼が生きた時代が大きくかかわっています。

江戸前期の松尾芭蕉や中期の与謝蕪村は、学者なみに中国や日本の古典文学に通じていましたが、一茶にはそれほどの教養はありませんでした。

そもそも宮廷貴族たちの教養だった和歌や連歌から、室町後期に俳諧という新たな韻文が生まれ、芭蕉が「蕉風」と呼ばれるスタイルを確立した元禄時代（一六八八～一七〇四年）になっても、俳句の世界は、武士階級や僧侶が中心です。一茶のひと世代前の俳人・蕪村は、文人画家でもあり、池大雅のように富裕層のパトロンに依頼されて一点物の肉筆画を描いていました。

いっぽう一茶が生きた江戸後期は、ひとことでいえば大衆文化の時代です。

経済的にゆとりが生まれた庶民は、寺子屋で読み書きを習い、滝沢（曲亭）馬琴の『南総里見八犬伝』などの「戯作」と呼ばれる小説を読み、芝居小屋に出かけて人形浄瑠璃や歌舞伎を鑑賞し、整備された街道を旅して観光を楽しみました。

一茶と同時代の葛飾北斎ら絵師たちは、肉筆画よりも、大量生産される木版画の浮世絵をたくさん描いたのです。そのモチーフは、日本各地の名所や歌舞伎の人気役者。そんな時代だからこそ、江戸に流れ込んだ一茶がプロの俳人（業俳）としてデビューするチャンスを摑むことができたのです。

一茶は、江戸へ奉公に出される前の子どものころ、信州柏原の寺子屋で読み書きを学んだといわれています。当時、柏原に長月庵若翁という人物が住んでいました。もともと肥前国大村（現・長崎県大村市）の藩士でしたが、藩主が急逝すると脱藩して俳人となって諸国を放浪し、柏原に来たところで定住、寺子屋を開いて子どもたちに読み書きを教えていました。こうした例は各地にあって、寺子屋の数は江戸時代を通じて一万を超えるといわれています。一茶が、芭蕉・蕪村と並び称される俳人になれたのには、こうした庶民教育の充実もあったのだと思います。

継母に追い出されて江戸に来た一茶がその後どうしていたかは記録がないのではっきりしません。伝承によれば、下総国馬橋（現・千葉県松戸市）の油問屋「油平」に奉公していたとされ、そこの主人が立砂という俳人であったことから、その縁で俳句を始めたといわれています。

当時、庶民の間では雑俳と呼ばれる懸賞俳句が盛んでした。雑俳とは、万句合ともいい、点者（判定する選者）の出題に対して、会所（興行主）が広く句を募り、集められた投句のなかから、点者が優秀作品を選び、その入選句を刷り物にして賞品とともに投句者に配るというものです。雑俳の人気が高まるとともに、賞品の豪華さは次第にエスカレートしていき、なかば賞品目当ての賭け事のようになってしまいました。このように一茶という俳人が生まれた背景には大衆エンターテインメントとなった俳句の世界がありました。

いま「プレバト!!」というバラエティ番組で、俳人の夏井いつきさんの「俳句の才能査定ランキング」のコーナーが人気を博しています。「永世名人」の梅沢富美男さん以下、ジャニーズのアイドルから吉本の芸人さんまで楽しそうに達者な腕を披露されていますが、一茶のころの俳句は、まさしくそんな大人気の参加型文芸でした。

一茶が活躍した文化・文政期は、酒や味醂、醤油の醸造生産をする工業、そしてそれらを流通させる商業が盛んになり経済が大いに発展した時代です。そうした経済を基盤にして、大衆に文化が花開いたとすれば、明治の開化より一足先に日本は近代を迎えていたといえます。

平明な言葉をつかう、つまり子どもにもわかる言葉で作句する一茶は、近代的な文芸作家であり、中世的な文化人であった芭蕉や蕪村と一線を画することになります。あるいは、一茶が大衆的なエンターテインメント小説に与えられる直木賞を受賞した小説家だとしたら、芭蕉・蕪村は、芥川賞作家ということになるのでしょうか。

生きるヒント

いま、コロナ禍（新型コロナウイルス＝ＳＡＲＳ－ＣｏＶ－２の感染爆発）が世界を覆っています。

世界中の人びとが同じひとつの災禍に苦しむという事態は、第二次世界大戦以来のことです。これまで約二億二千万人が感染し、四百五十万人もの人が命を落としました（二〇二一年九月現在）。ワクチン接種が進んでいますが、デルタ株（インド型）など変異種が次々と発生し収束するにはまだまだ時間がかかりそうです。

二〇〇三年に中国広東省で発生したＳＡＲＳ（重症急性呼吸器症候群、二〇〇四年に収束）、二〇一二年に中東地域で感染が拡大したＭＥＲＳ（中東呼吸器症候群、世界的に感染爆発する危険性は低い）に次いで、二〇一九年十二月に中国武漢で発見された新型コロナウイルス（ＳＡＲＳ－ＣｏＶ－２）は、ＳＡＲＳ、ＭＥＲＳより致死率は低いものの、感染力が強く、あっというまに世界中に広がり、感染爆発しました。このパンデミックは、病原体の感染力だけで引き起こされたものではないかもしれません。

グローバル資本主義。新自由主義の旗のもと、物流も人流もおカネも情報も、これまでにない量と速度で地球上を行き交っています。

家の中を見回してみてください。台所のたまねぎ、にんじんは中国、パプリカは韓国、かぼちゃはニュージーランド、アボカドはメキシコ、フルーツはアメリカや東南アジアから。手元にあるｉＰｈｏｎｅはアメリカのアップルという会社の製品ですが中の部品は、台湾製、日本製などでできていて組み立ては中国の工場といった具合です。

世界が一体になった経済は、どこかで異常をきたせばまたたくまに世界中がパニックに陥ります。二〇〇八年にアメリカで発生したリーマン・ショックがそうでした。

ウイルスも激流のようなヒト・モノ・カネの流れに乗って、これまでにない勢いで広がっているのです。

わたしたちに襲い掛かるのは、それだけではありません。このところ毎年のように発生する超大型台風や大洪水、大きな山火事……日本だけでなく世界中で異常気象による自然災害が発生しています。人間が作り出すCO_2などの地球温暖化（温室効果）ガスや環境破壊が原因だと警鐘がならされても、右肩上がりの利益と成長を求めるグローバル資本主義の欲望は止まりません。

海洋のプラスチック汚染も深刻だそうです。いま人間は、目に見えないプラスチック粒子を摂取していてその量は一週間で五グラム、クレジットカードの一枚分に相当するといわれています。

暴走が止まらない資本主義は、この国の「公」を蝕みました。非正規雇用、福祉の切り捨て、保健所のリストラ、水道事業の民営化……そこに、コロナ禍が襲い掛かりました。エッセンシャルワーカーといわれる社会を支えている人たち――医療・福祉の現場で働く看護師や介護士、あるいは小売りの店員、トラックの運転手の方々を直撃しました。「コロナより人が怖い」と怯えるスーパーのレジでカスハラにあった店員、野戦病院と化した医療現場で、あまりの苛酷な勤務環境に身体が悲鳴をあげて泣きながら退職していく人たち。

いっぽうで政治は自民党の長期政権がつづき、政治家や中央官庁のお役人、そして彼らと仲のいい大企業の不祥事が後を絶ちません。経産省の若い官僚二人がコロナ対策の給付金を詐取していたことまで発覚しました。うち一人はタワーマンションに住み高級車を乗り回していたといいます。この国に「公僕」という言葉はなくなってしまいました。

一茶が生きた文化文政期は、「大御所時代」とよばれる長期政権がつづいていました。浅間山の大噴火や異常気象で大飢饉が発生し、餓死者や病死者が続出。そこに新田開発などの大規模な公共事業で領民を疲弊させ、江戸に廻米して事態を悪化させる失政が追い打ちをかけます。六年に及ぶ「天明の大飢饉」で九十万人も人口が減少しました。

また文化文政期は、拝金主義の時代でした。貨幣経済が爛熟し、カネさえあれば、なんでも手に入る。たとえば、それまで絶対的なものであった「身分」ですら、カネで買うことができました。商人たちの間では、カネに物をいわせて武家の身分を買うことが流行したといいます。当然のことながら、賄賂も横行しました。そのいっぽうで搾取される貧しい人たちがたくさん存在したのです。

格差社会となった日本の首都・東京は、一茶の生きた江戸にそっくりです。

老が身の値ぶみをさるるけさの春

「値踏みをする」は「値段を見積もる」という意味です。老人である一茶に対して、世間の目はあたかも商品の値段を付けるかのようであるというのです。一人住まいの貧しい老人である自分は価値のない存在としてみられている……一茶は、そんな世間の冷酷な視線ですら面白がって俳句にしてしまいます。いったいどうやったら、そんなことができるのでしょうか。

本書は、一茶の生涯をたどり、彼が遺した俳句を味わいながら、つらいことばかりが多い人生と向き合い、世間という荒波の中でどのように暮らしていけばよいのか、生きるヒントを探る旅のガイドブックのようなものなのかもしれません。

第一章　大災害、疫病

ちゅうくらいの幸せ

めでたさもちう位なりおらが春　　　一茶

句文集『おらが春』は、一茶が五十七歳になった一八一九年（文政二年）の一年間の俳句と文章をまとめたもので、俳人・小林一茶の集大成となる作品です。

晩年を迎えた一茶の最大の関心事は、死というものに向かいながら、浮世（憂き世）をどのようによりよく生きるか、ということでした。

掲句は、その冒頭の一句。前文は、次のような「説話」からはじまります。ちょっと長くなりますが現代文に読み下して引用しましょう。

その昔、丹後国（現・京都府京丹後市のあたり）の普甲寺に極楽浄土を願っている上人がいた。

新しい年を寿ぐ年始に、世間では祝いごとをしてにぎやかになるので、じぶんもなにかしようと思い立ち、大晦日の夜、上人は認めた手紙を寺の小坊主に渡して本堂へ泊まらせた。「元日の朝になったら、その手紙をもってきて、かくかくしかじかするように」と小坊主に言い含めておいた。

上人の言いつけどおり、元旦のまだ明けやらぬうち、小坊主はがばと起き、手紙をもって、門を敲いて上人を呼び出した。

「どなたか」上人が訊く。

「極楽浄土の阿弥陀仏より年始の挨拶に参った使いの僧でございます」と小坊主は答える。もちろんこれは上人に言い含められたとおりに芝居をしているのである。

小坊主が言い終わらないうちに、上人は裸足で飛び出してきて、門をさっと開き、小坊主を上座へ招き入れる。そして小坊主から手紙をうやうやしく押し頂いて読み上げた。昨日、自分で書いた手紙である。

「おぬし（上人）が住んでいる世界は衆苦充満（多くの苦しみで満ち溢れている）状態ですから、はやく吾が国（極楽浄土）にいらっしゃるがいい。聖衆（菩薩たち）がおぬしを出迎えるために待っておられます」と読み終わると、上人は「おお、おお」と声を上げて泣き出した。

と、『今昔物語集』や『沙石集』に収められている説話を紹介して、ここから、「滑稽・諷刺・慈愛」の眼差しを向けた一茶の考えが記されます。

この上人は、みずから拵えた悲しみを嘆き、衆苦に満ちたこの世から極楽浄土に往生できるという、自作自演の慈悲に接して袈裟を濡らすほど涙を流してめでたい正月を祝っている。出家した僧というものは、在家の俗人に対して無常を説くのが礼（正しいふるまい）であると聞く。この上人は、恥ずかしさを顧みず狂態を演じることで、人々に無常を教えようとしているではないか。なんとまあ、祝いの骨頂でこの上なくありがたくめでたいことであろうか。

こんな立派な上人とは違って、俗塵にまみれたわれわれは鶴やら亀やらをもちだしてめでたさ尽くしを言うのも、さすがに大晦日の厄払いの乞食みたいで空々しく思える。空っ風が吹けば飛ぶようなあばら家はあばら家のあるべきように、正月だからといって門松も立てず、煤払いもせず、雪の山路が曲がっていれば曲がっているままに、今年の春も、あなた任せに迎えよう。

「あなた任せ」とは、他力（たりき）。極楽浄土に往生するにあたって、あれこれ手を尽くすのではなく、阿弥陀仏の本願にすべてお任せして、「あるがまま」でいようということです。一茶は言います。わざわざ拵えためでたさでなくていい。祝いの骨頂でなくていい。聖人が説くような理想の正月でなくていい。そういったものはすべて空々しい。たとえあばら家であろうと、あるがままで新年を迎えましょう、と。

人間もまた、あばら家のような脆い存在です。思いどおりにならないのが人生、現世や来世に過度な期待などせず、あるがままに生きていたら、自分はたまたま「ちゅうくらい」のめでたい新年を迎えることが出来た。「ちゅうくらい」というのは文字どおり、最上ではないけれども、最悪でもない、中位ということです。一茶は、妻の菊と前年五月に生まれた長女・さととともに正月を迎えた「ちゅうくらい」の喜びを高らかに俳句に詠み込みました。

衆苦充満の世にあって、どう生きるべきか——その答えのひとつが、この句です。

浅間山噴火とフランス革命

一茶が生きた十八世紀後半から十九世紀にかけての世相は、いまとよく似ていると先述しましたが、それは日本のみならず世界でも同じことが言えそうです。新型コロナの感染爆発が地球上を覆い尽くしたこんにちのように、当時、世界は大きな災害に見舞われていたのです。

日本が大飢饉に襲われていた一七八三年（天明三年）は、人類にとって、史上最も過酷な年のひとつでした。

六月八日、アイスランドのラキ火山が噴火。アイスランド本島南部に位置する標高千七百メートルほどの山でしたが、その爆発力はすさまじく、広範囲に甚大な被害をもたらしました。溶岩の噴出によって、多くの村が焼かれましたが、それ以上に深刻だったのは、天明の大飢饉の原因となった浅間山の噴火と同じように噴煙被害です。

アイスランドでは、人口のおよそ二割の人が亡くなったといわれています。大量の噴煙はアイスランドにとどまらず、ヨーロッパ全土へと広がっていき、その結果、深刻な健康被害が引き起こされました。翌年の冬には厳しい寒波が襲来、イギリスでは八千人が寒さで亡くなるなど、その後数年間にわたり異常気象が続きヨーロッパ各地で飢饉が発生します。必然、いずれの国でも政情は不安定なものになりました。世の中を変えようという動きが、各国で巻き起こります。

フランスでは、絶対王政に対する積もり積もった不満が、飢饉をきっかけに頂点に達し、フランスの大衆は武装蜂起する事態に至ります。飢えに苦しむパリ市民たちは「パンを与えよ」と王宮に迫りました。それに対して、王妃マリー・アントワネットが「パンがなければお菓子を食べればいい」と言い放ったという逸話はまさにこのときのことです（ただしこの逸話は事実とは違っていたようです）。

そしてその怒りは、フランス革命へと発展していきます。

一七八九年、暴徒化した民衆は、火薬庫であったバスティーユ牢獄を襲撃。パリでの事件が伝えられると争乱はフランス全土に飛び火し、暴動を起こした農民たちが貴族や領主の館を襲って借金の証文を焼き捨てるという事件が各地で続発しました。

激化する暴動に身の危険を感じた国王ルイ十六世は国外に逃亡しようとしましたが、あえなく捕まります。そして共和政が樹立、王政は廃止され、ルイ十六世とマリー・アントワネットの国王夫妻は新政府によって、ギロチン（断首台）で処刑されました。

一茶の時代、新大陸ではアメリカの独立戦争（一七七五〜八三年）、ヨーロッパではフランス革命（一七八九～九九年）が起こりました。このことが近代化への大きなきっかけとなったことはいうまでもありません。

日本の場合、近代は、桂小五郎（木戸孝允）や西郷隆盛といった一部の英傑たちによって徳川幕府が倒され、明治新政府が樹立。まげを切り落とし、脱亜入欧とばかり和装から洋装に衣替えして始まったものとされてきました。

しかし最近では、そういった見方に疑義が呈されています。江戸後期、一茶と同時代の庶民は貧しく搾取されるだけの存在ではなく、みずから田畑や財産を増やし、教育を受け、文化や娯楽を消費する存在でした。大衆というべき存在が誕生したのです。

日本における近代というものをどう定義するか、また、その始まりをいつにするかということについては諸説ありますが、こうした大衆の誕生とそれにともなう大衆文化の興隆ということをひとつの区切りとすれば、一茶の時代、ことに文化文政時代（一八〇四～三〇年）において、すでに近代が始まっていたと考えることもできます。

大噴火、大洪水、大飢饉

一七八三年（天明三年）七月八日、浅間山が噴火しました。これが大惨事の引き金となります。一茶は浅間山大噴火について、次のような聞き書きを遺していました。

過ぎし天明三年六月二十七日より、山はごろごろと鳴り、地はゆらゆらとうごきて、日を経れども止まず。人々は薄き氷を踏むに等しく、嵐の梢に住むがごとく、世や滅すらん、天や落ちぬらんと、さらに生ける心地もせず、さればとて、退くべき所もなく、蕣の朝日を希ひ、蜻蛉の夕べを待つ思ひして、最期の支度より外はなかりけり。

然るに、七月八日申の刻ばかりに、一烟、怒つて人にまとひ、猛火、天を焦し、大石、民屋に落ちて、身をうごかすにたよりなく、熱湯大河となりて、石は燃えながら流れ、その湯、上野吾妻郡に溢れ入りて、里々村々、神社仏閣も是がために亡び、比目連理ちとせのちぎりも、ただ一時の淡ときえ、朝夕、神とあがめし主人も、累年、杖と頼みし奴僕も、救ふによしなく、生きながら長の別れとなりぬ。或は虚しき乳房にとりつき流るるも有り、あるは財布かかへて溺るるも有り。人に馬に皆利根川の藻屑と漂ふ。刹利も首陀もかはらぬといふ奈落の底のありさま、目前に見んとは。稀々生き残りて祝ふも、終に孤となりてかなしむ。今、物がたりに聞いてさへ□□□□□□□□□□□、まして其の時其の身においてをや。

（注・□は判読不能部分。『寛政三年紀行』）

ひとつひとつ訳さなくとも、その凄惨な状況はじゅうぶん伝わるのではないでしょうか。天を焦がすような噴火が起こり、すさまじい勢いで火砕流が家々を呑みこんでいきました。この火砕流は利根川へ流れこみ、下流を埋めてしまい、そのために下流では大洪水が起こり、そこでさらなる被害が生じました。

火砕流だけではありません。噴煙で空が覆われたことによって東日本では日照量が激減し、火山灰は関東一円に降り積もり、農作物の生育に悪影響を及ぼします。

このとき、もっとも厳しい状況にあったのは、みちのく（東北地方）です。

すでにみちのくでは天候不順による凶作が起きていました。同年春には岩木山が噴火。そこへ浅間山の大噴火が立て続けに起こったのです。このふたつの噴火は飢饉に拍車をかけることになり、みちのくは壊滅状態に陥ります。

蘭学医・杉田玄白（すぎたげんぱく）の『後見草』によると、被害はみちのくの農村を中心に、全国で数万人が餓死したとしていますが、改易（かいえき）を恐れた諸藩が被害の実数を改竄（かいざん）していたようで、じっさいには、その何倍もの餓死者が出ていたと考えられています。

もっとも被害が大きかった津軽藩では死者が十数万人に達したともいわれており、他藩へ逃れた人々も含めると、藩の人口の半数近くを失う状況に陥りました。飢餓とともに疫病も流行し、統計によれば、全国的には一七八〇年（安永九年）から一七八六年（天明六年）の間に約九十二万人もの人口減が起きています。

大御所時代とバブル、不況、アベノミクス

この天明の大飢饉によって、老中・田沼意次（たぬまおきつぐ）が失脚し、松平定信（まつだいらさだのぶ）が新たに老中となり政権の中枢を担うことになったのです。

田沼意次の政治は何よりもまずお金でした。幕府の財政赤字を解消するため、商業を重視し活性化を図ります。公共事業をばらまき、株仲間（幕府や藩の認可を得た商工業者の組合）による市場の独占を保護するなど、政策は露骨なものでしたが、一面においては近代的であり、貨幣経済へとなだれこんでいく時代の要求に即した現実的なものであったといえます。

いっぽう学者肌の松平定信は、儒教的な考えを大事にした復古主義といえばいいので

しょうか、とにかく理想家です。

　武士は武士らしくあらねばならず、農家は農家らしく。金は汚いものであり、農業こそ国の根幹であると固く信じて疑いません。白河藩主時代に藩政の立て直しに成功した「米本位制度」への回帰を目指します。

　お金に価値をおかない定信は棄捐令（武士の借金をなかったことにする法令）を出し、その反面、大衆には質素倹約を押し付け、人気作家であった山東京伝を「手鎖五十日」の刑に処すなどの出版統制をし、風紀を締めつけ、近代化に逆行する政策を推し進めようとしました。

　すでに大衆文化が花開き、娯楽を享受することに慣れきっていた江戸の住民たちはついていくことができません。「白河の清きに魚も住みかねてもとの濁りの田沼恋しき」です。理想は理想に終わり、わずか六年にして定信は老中を罷免され、寛政の改革は失敗に終わります。定信といえども、近代へとむかっていく時流を押しとどめることはできなかったのです。

　その後は十一代将軍・家斉による「大御所時代」といわれる長期政権の治世となります。家斉は天明の大飢饉の際の失政で多くの餓死者をだした反省も忘れ、驕奢で華美な生活に溺れてしまいます。おかげで江戸の大衆文化は爛熟期を迎えますが、いっぽうで幕府の財政は破綻へと突き進みます。フランスで起きたように、社会不安から各地で一揆や打ちこわしが頻繁に起こるようになりました。

徳川幕府による支配に限界が訪れようとしていました。

天明の大飢饉とその後の失政が、幕府の弱体化を加速させ、後の明治維新を招く遠因となったといえるでしょう。

近代化ということを考えるとき、日本も世界も、天明三年は大きな転機であったといえます。


一九八〇年代後半、自民党の中曽根―竹下政権下での規制緩和と民営化、そしてプラザ合意（一九八五年の先進五カ国蔵相・中央銀行総裁会議）でもたらされた円高ドル安の為替相場がバブル景気を生み日本経済は沸き立ち、株価や地価が天井知らずに高騰すると、日本企業がアメリカの名門映画会社やニューヨークのロックフェラーセンターなど不動産を買い占めて大騒ぎとなりました。

しかし、バブル退治を理念とする三重野康・日銀総裁が急激に公定歩合を引き上げ、大蔵省が不動産融資の総量規制で貸し出しの蛇口を締めあげると、あっというまに日本経済は冷え込み、大銀行が巨額の不良債権にあえぎ企業がばたばたと潰れていきました。

その後、政治は迷走を続け、二〇〇九年に民主党が政権をとったものの、不況から脱することが出来ないまま、東日本大震災が発生。福島第一原発事故は、メルトダウンによる首都壊滅の一歩手前で踏みとどまりましたが、いまなお真相は明らかになっていません。

安倍晋三自民党総裁が政権を奪還すると、通貨と物価の番人であるはずの日銀が、国債や株を買うという前代未聞の金融政策などを柱にしたアベノミクスで〝官邸一強政治〟を盤石にしました。以後自民党の長期政権が続いていますが、そこに、新型コロナウイルスのパンデミックが襲い掛かりました。

徳川家斉の大御所時代の失政同様、政治家も官僚機構も企業のガバナンスも劣化して、この国の「お上」を今やだれも信用していません。はたして、二十一世紀の日本にどのような「幕末」が待っているのでしょうか。

第二章

二万句を詠み、「悲惨」を乗り越える

一茶の生涯

すべての人がそうであるように、一茶も時代を生きた人でした。世界的な大きな時代のうねりのなかで、逆境に怖じることなく必死にもがいていたひとりです。生涯に詠んだ俳句は二万句を超えます。ちなみに、芭蕉は約一千句、蕪村が約三千句（それぞれ現存する数です）。

一茶はまた、近代文学の草分けになった人でもありました。一茶の遺した作品のひとつに、父・弥五兵衛の臨終までを描いた『父の終焉日記』（稿本）というものがあります。これは、たんなる日記や記録ではなく、創作的意図を持った文学といっていいもので、明治になってから夏目漱石や森鷗外など、言文一致体で「自我」を主題に据えた小説を書く作家が現れましたが、『父の終焉日記』は、近代私小説の先駆けとも言われています。

一茶というと江戸時代の大昔の人という印象をもたれているかもしれません。しかし、一茶没後、わずか四十年で大政奉還をむかえます。一茶の最期を看取った妻ヤヲは明治元年まで生きています。

一茶は近代化という大きな時代の変化の波を一身に受けながら、ことばを紡いでいきました。

一茶の生涯は大きく五つにわけることができます。

- 青少年期（〇～二十四歳）
- 修養期（二十五～三十八歳）
- 江戸での活動期（三十九～四十九歳）
- 信州帰住（五十～六十歳）
- 晩年（六十一～六十五歳）

まずは、小林一茶とはいったいどんな人物だったのか――その人と時代について、駆け足で振り返ってみることにします。

故郷追放［一七六三〜八六年　〇〜二十四歳］

一七六三年（宝暦十三年）五月五日、一茶は、信濃国柏原（現・長野県上水内郡信濃町）に父・小林弥五兵衛、母・くにの長男として生まれました。名は弥太郎。

柏原は戸数約百五十戸、七百人ほどが住む小さな村でした。しかし、寒村というわけではなく、北国街道沿いにあって、街道の発達とともに新しく開かれていった活気ある宿場町でした。

幕府にとって、街道は、水運、海運施設とともに重要な社会基盤のひとつです。百万都市・江戸の消費を支えるために、全国からさまざまな物資や労働力を効率よく運ばなくてはなりません。そして、多くの人びとが往来する街道には宿場町が必要になります。そのため、街道および宿場町は幕府によって国家事業として計画的に開発・整備され、宿場町はいまでいうニュータウンとして発展していったのです。柏原もそうした町のひとつです。

北国街道は追分（現・北佐久郡軽井沢町追分）で中山道につながり、その先には江戸があります。当時、北国街道は多くの人や物が行き来しました。加賀藩の前田家が参勤交代で通ったのもこの街道です。前田家といえば、加賀百万石、日本一の大大名。行列の人数は平均で二千人、多いときには四千人もの数になりました。加賀から江戸まで十二泊十三日で移動しましたが、そのうちの一泊は柏原ですることになっていたのです。

また、農閑期になれば、たくさんの出稼ぎの人たちがこの街道を通って江戸へ向かいます。日本海の漁村からは海産物を売りにやってきました。かれらとともに、江戸や金沢の情報や文化も盛んに運ばれます。

一茶の生家は北国街道に面しています。「この道は江戸に通じている」——当然、弥太郎（一茶）にはそういった意識があったことでしょう。子ども心に江戸はそれほど遠いものではなかったかもしれません。

小林家は柏原でも中の上くらいの本百姓（ほんびゃくしょう）（自作農）でした。一茶は本来であれば、農家の主（あるじ）として柏原で一生を過ごすはずでしたが、すぐに試練がやってきました。三歳で母・くにが亡くなります。ここから一茶の人生に大きく狂いが生じます。

母が亡くなってからは、祖母が母親代わりとなって、一茶を育てていたようです。しかし八歳のときに父が再婚し、継母（ままはは）・さつが家にやってきます。不幸なことに一茶はこの継母と折り合いが悪く、心が通わずいじめにあいました。

再婚から二年後の一七七二年（安永元年）、父と継母の間に男子が生まれます。異母弟の仙六（せんろく）です。仙六が生まれてからというもの、継母からの虐待はいっそうひどいものとなりました。

一七七六年（安永五年）、一茶の味方をしてくれていた祖母が亡くなると、その翌年、一茶は十五歳で江戸へ奉公に出されてしまいます。長男が家を出されることは、当時としては極めて稀なことでした。

俳壇にデビュー【一七八七～一八〇〇年　二十五～三十八歳】

一七八七年（天明七年）、一茶は、二十五歳で俳諧師としてその名を現します。

是（これ）からも未（ま）だ幾（いく）かへりまつの花（はな）　一茶

現存するものとしては、最も古い一茶の句です。故郷・柏原を追われた日から十年、「一茶」という名とともに忽然とこの句が姿を現しました。

十五歳で江戸へ奉公に出された弥太郎少年でしたが、江戸へ出てからの足取りはわかっていません。一説には、下総国馬橋（しもうさのくにまばし）（現・千葉県松戸市）の油問屋「油平」に奉公していたとされ、そこの主人、大川立砂(りゅうさ)が葛飾派の俳人であったことから、その縁で俳句を本格的に始めたといわれていますが、あくまでも推測の域を出ません。

　江戸に出てから、柏原の寺子屋で手ほどきを受けた俳句の素養を武器に、その腕に磨きをかけていたのかもしれません。時代小説『一茶』を書いた藤沢周平さんは、作家の創造力で一茶の「空白の来歴」を埋めています。

　懸賞の射幸性が昂じて、雑排（前句付け、ここでは三笠付け）がご法度の遊びになり、一茶（弥太郎）がその賭場から大金をせしめて出て来たところ、俳諧師を名乗る露光という男に声をかけられます。


「で、お話というのは何ですか」

　露光の傷(いた)ましそうな眼に、反撥するように弥太郎は言った。べつにいたわってもらわなくともいい、と思っていた。

「ああ、そう。その話」

　露光はひと口茶を啜(すす)ってから、また笑顔になった。

「これといった仕事もなく、さっきのような危ない場所に首を突っこんで暮らしているのだったら、知り合いにあんたを世話しようかと、ふっと思ったものでな」

「知り合い？　どういうひとですか」

警戒するように弥太郎は言った。男は奉公先を世話してくれるつもりらしいが、弥太郎はこれまでのいきさつから、自分は奉公には向かない人間だと思っていた。

いまのように行きあたりばったりの、日雇い仕事に入るまで、弥太郎は十指にあまる奉公先を転転としている。

「馬橋の油屋で、大川という家です。そこから人を頼まれていてな」

「馬橋というと、下総ですか」

男の言う奉公先が、江戸の内ではないことが、弥太郎の心を惹いた。江戸人の意地の悪さには懲りている。

「下総たってあんた、松戸の先だからそんな遠いところじゃない。いいところですよ、宿を一歩はずれれば、のんびりした景色で」

「……」

「大川という家は、そのあたりじゃ聞こえた金持ちでね。旦那が立砂といって俳諧に凝っています。旦那芸だが、たしか今年の春点者に推されたはずだから、ご本人もただの道楽とは思っていないようだ」
「……」
「あんたをそこへ世話しようかと思ったのはですな。三笠付け、ありゃあんた賭けごとですよ。その三笠付けで、あんたの付けっぷりがあまりに見事なもので、少し俳諧を勉強してみたらどうかと思ったもんでね」
「俳諧、ですか」

（藤沢周平『一茶』文春文庫）

一茶は「葛飾派」というグループに所属し、若くして頭角を現します。

葛飾派はその名のとおり、隅田川以東の葛飾地方を中心に勢力を持った一派でした。雑俳を否定し、芭蕉のころの純文学的な俳句をめざしていました。しかし、理想と裏腹に大衆化の波には逆らえず、作風は雑俳に似たわかりやすいものとなっていきます。

宗匠（俳句の指導者）は溝口素丸（みぞぐちそまる）という俳諧師で、立砂は連衆（れんじゅう）（同門の人々）のひとりです。一茶の句が収録されている句文集の『真左古』は、同門の信州佐久（しんしゅうさく）の新海米翁（しんかいべいおう）の米寿のお祝いに出版されたものです。一茶も連衆のはしくれとして、一年中緑が絶えず百年に一度花が咲くといわれる松を詠みこんで米翁の長寿を祝っているのです。

ちなみに、『真左古』には「渭浜庵執筆一茶」として名前が載っています。「渭浜庵」とは素丸の庵号。「執筆」とは、句会の書記係のこと。宗匠に目をかけられると、内弟子となり住み込みで師の身の回りの世話をしながら俳句を学びました。この名前から、一茶は素丸の居宅に住み込み、俳句を学んでいたと考えられます。

そして一茶は、内弟子から独立し一人前の俳人となるべく、本格的な修行の旅に出ます。ひとつめは一七八九年（寛政元年）、みちのくの旅です。松尾芭蕉の『おくのほそ道』をたどる旅でした。

ふたつめは西国への旅です。一七九二年（寛政四年）から足掛け七年、その間、いちども江戸にもどることなく関西、四国、九州を旅します。旅中の一七九五年（寛政七年）に処女選集『たびしうゐ』を、九八年には旅の締めくくりとして選集『さらば笠』を刊行します。

葛飾派の先輩で、師のひとりである竹阿が亡くなると、亡師の庵号「二六庵」を一茶が継ぐことになりました。

これは、俳諧師として葛飾派内外に認められることを意味します。

父の死［一八〇一～一一年　三十九～四十九歳］

一茶が帰省中の一八〇一年（享和元年）四月二十三日、父・弥五兵衛が倒れます。一茶とともに農作業をしていたとき、さっきまで茄子の苗に水をやっていたはずの父が、泥の中に突っ伏していたのです。

一茶があわてて抱え起こすと、その肌は火に触るかのように熱い。夏が近いことを知らせるかのように、ホトトギスが鳴いていました。

医者に診せたところ、父の病は傷寒（腸チフス）でした。一茶は、江戸に戻らず柏原にとどまり父の看病に専心しますが、翌月、看病の甲斐なく弥五兵衛は亡くなります。享年六十九でした。

　　父ありて明けぼの見たし青田原

父の自慢の田んぼに苗が根づいて青々と風にそよいでいます。願わくは父とともにこの朝日が降りそそぐ美しい青田を眺めたかった。故郷を離れて二十年、農家の長男なのに汗水流して畑を耕すことも田植えもせず、これまでいったいなにをしてきたのだろうか。一茶の心には自責の念が湧いていたかもしれません。

このときのことをまとめたものが、先述した『父の終焉日記』です。

一茶は父の遺言どおり、田畑を折半する相続を望みましたが、継母と異母弟は納得せず、ここから際限のない遺産相続争いが始まります。

この時期、俳人としての一茶は、評判も高まり充実の日々を迎えていました。

師匠だった素丸や、油問屋の立砂らが相次いで亡くなり葛飾派と疎遠になっていくいっぽうで、新たな俳人仲間である江戸蔵前の札差・夏目成美や、流山の味醂商・秋元双樹との交流が始まり、一茶を師として慕う人びともあらわれます。富津（千葉県富津市）の花嬌、布川（茨城県北相馬郡利根町）の月船といった房総の門人たちのもとに積極的に足を運んでいました。

「一茶園月並」という、いまでいう俳句結社の機関誌のようなものを定期的に発行し、ようやく宗匠としての活動がはじまりました。俳人番付の「正風俳諧名家角力組」で東方八枚目、江戸在住の俳人としては三番目につけ、俳諧宗匠として地位を築いていきます。

裏長屋から始めた江戸での生活も、友人たちが世話をしてくれた本所相生町（現・東京都墨田区緑）の借家住まいになりますが、孤独で貧しい暮らしに変わりはありませんでした。

帰郷［一八一二〜二二年　五十〜六十歳］

是(これ)がまあつひの栖(すみか)か雪(ゆき)五尺(ごしゃく)

一八一二年（文化九年）十二月、一茶は、遺産相続問題に決着をつけるべく、江戸を完全に引き払い、柏原にもどります。信濃国へ帰るということは、江戸での名声を捨て、中央俳壇を離れることを意味しました。一茶に未練はなく、それよりも生家で暮らすことのほうが大事なことだったようです。

掲句は、「終(つい)の棲家」と定めた生家を眺めて詠んだものです。柏原は、信州でも有数の豪雪地帯。五尺は約百五十二センチメートルですから、この数字に誇張はないでしょう。

文化十年、菩提寺の明専寺(みょうせんじ)の和尚が仲介役となり和解が成立。父の遺言どおりの決着となりました。

　五十聟（ごじゅうむこ）天窓（あたま）をかくす扇（あふぎ）かな

　翌年、一茶ははじめて妻を娶（めと）り祝言（しゅうげん）をあげました。妻の名は菊（きく）。二十八歳。赤川（あかがわ）（現・長野県上水内郡信濃町野尻赤川）で米穀取引業を営む裕福な農家、常田（ときた）氏からの輿入れです。一茶の母方、宮沢家の縁戚にあたる家でした。

　二十八歳といえば、当時としては菊も晩婚でした。裕福といっても、農家は農作業が重労働で人手がいります。女性も有為の労働力として働かなければなりません。菊は、柏原の本陣（参勤交代の際の大名の宿所）へ奉公に出ていたようです。奉公に出ているうちに婚期が遅れることは当時よくありました。とはいえ、菊は、五十二歳の一茶には不釣り合いなほど若く、五十歳の花婿が恥ずかしさに白髪あたまを扇で隠しているというのが掲句。そのまえがき（前書。句の背景や動機、成立事情を説明する詞書（ことばがき））には、望外の幸せに戸惑う一茶の気持ちが綴られています。

五十年、一日の安き日もなく、ことしの春漸く妻を迎へ、我身につもる老いを忘れて、凡夫の浅ましさに、初花に胡蝶の戯るゝが如く、幸あらんとねがふことのはづかしさ。あきらめがたきは業のふしぎ、おそろしくなん思ひ侍りぬ。

五十年、一日として心休まる日もなく過ごしてきたが、今年の春、ようやく妻を迎え、老いの身であることも忘れて、凡夫（煩悩にとらわれている人）の浅ましさに、初花に胡蝶が戯れるかのように幸せに願うことの恥ずかしさ。このように現世をあきらめ難いのは、業（前世の因果）のなせる不思議、怖ろしく思えてくる。（意訳）

一茶の生涯にあって、もっとも希望に満ちたときでした。

その後三男一女に恵まれますが、いずれも早逝してしまいます。

一八二〇年（文政三年）、中風（脳梗塞）で倒れ、一時、半身不随になりますが、奇跡的に回復しました。

菊の死、一茶の死［一八二三〜二七年　六十一〜六十五歳］

一八二三年（文政六年）二月、菊が癪（原因不明の疼痛をともなう内臓疾患）に苦しみだします。一茶は八方手を尽くし、さまざまな薬を買い求め菊を介抱しましたが、五月十二日、この世を去りました。享年三十七。まだ乳飲み子だった三男の金三郎も、母の後を追うように十二月二十一日に亡くなります。一茶はふたたびひとりぼっちになりました。

さびしさに飯をくふ也秋の風

ひとり身になった一茶を心配した周囲がもってきた再婚話がまとまり、翌・文政七年、飯山藩士の娘・雪と再婚するも、三ヵ月で離婚。その翌月、離縁の心労などが積み重なったのか、中風（脳梗塞）を再発。今度は重症で、言語障害が残ってしまいました。

一八二六年（文政九年）八月、一茶は再再婚します。相手は三十二歳の宮下ヤヲという、越後国妙高（現・新潟県妙高市）の出身で、柏原宿の旅館「小升屋」の奉公人でした。二歳になる倉吉という男児がいましたが、一茶が引き取り、家族三人の暮らしが始まります。

翌・文政十年閏六月一日、大火事が柏原一帯を焼き尽くしました。一茶の家も母屋が全焼。一茶一家はかろうじて焼け残った土蔵に寓居（仮住まい）を強いられます。この年の十一月一九日、一茶は不意に気分が悪くなり、寝込んでしまいます。その日の申の下刻（午後四時半過ぎ）、一茶は波乱の生涯を終えます。六十五歳でした。

このとき妻・ヤヲのお腹には一茶の子どもが宿っていましたが一茶はそのことを知らないまま亡くなっています。

翌年四月に女の子が誕生。「やた」と名付けられます。やたは一八七三年（明治六年）まで生きました。

このように駆け足で一茶の人生をたどってみると、やはり悲惨だったとしか言いようがありません。

しかし、生涯で詠んだ俳句二万句のなかに、人生が悲惨だと描いたものはありません。悲惨を乗り越えたところに一茶の俳句の世界はひろがっています。

天変地異がもたらした飢饉や疫病、近代へと移り変わっていく激しい時代にあって、三歳で母と死別してから、ひとりぼっちの人生を切り開くことは容易なことではなかったはずです。一茶がどうして、またいかにして苦難を乗り越えたのか。一茶の俳句を詠み解くことで、その人生の真実に迫っていきます。

第三章　孤独を楽しんで生きる

生きていくために

これまでふれてきたとおり、一茶が生きた時代は、けっして平穏ではなく、そして一茶自身の境涯もまた、けっして円満なものではありませんでした。

一茶はそうした人生を生きていくうえで、悩み、苦しみ、そして喜んだことを率直に俳句にしようとしました。そうしたなかで一茶の言葉はおのずから平たいものになっていった——というより、一茶は平明な言葉で率直な思いを分かりやすく伝えなければ、生きていけなかったのではないか、と筆者は見ています。

三歳のとき、実母が早逝、あらたにやってきた継母に虐待を受け、長男であるにもかかわらず、十五歳で故郷を追われた少年は、二十五歳で忽然と俳壇に「一茶」となって現れます。俳諧師になってからは筆まめで日記をつけていた一茶自身も、この十年間のことについては、ほとんどなにも書き残していません。

軒下に露をしのぎ、家陰に霜をふせぐ、親に捨てられ肉親はおらず、ひとりぼっちの貧しいどん底の生活、思い出したくもなかったのかもしれません。

この「空白の十年間」に一茶は、こののち生きていくための「大切なこと」を学び、手に入れたのではないかと筆者は考えます。

二十五歳で葛飾派の俳諧宗匠の素丸の内弟子になっていたということから逆算すれば、この十年のあいだに俳句の腕に磨きをかけて、その存在が俳句宗匠たちの目にとまったと思われます。

いまでは俳句は五七五を一人で完結させるものですが、当時は宗匠を囲んで「座」を設け、連衆（れんじゅう）（同門の俳人）が集い連句を巻く、つまり、五七五に、七七を、その七七に五七五を付けあっていくものでした。五七五と七七を交互に三十六句連ねた連句を歌仙といいます。和歌の三十六歌仙にちなんで名付けられたものです。

人と繋がること

この参加型の文芸エンターテインメントであった歌仙で頭角をあらわした一茶は、かけがえのないものを手に入れていました。それは、人と繋（つな）がること。俳句は、人が人と繋がることが前提の文芸なのです。歌仙を巻くことによって、一茶は多くの人と繋がり、その縁は師弟の関係を生み、そして深い友情に結ばれた、一生涯の友だちと出会うことにもなります。

一茶が西国の旅（一七九二〜九八年）で、最も親交を深めた俳人は、伊予（現・愛媛県の中予地方）の栗田樗堂でした（第十章参照）。伊予に滞在中、樗堂の自宅の「二畳庵」でふたりはたびたび歌仙を巻いています。

鶯の咽にあまりて啼日哉　　樗堂

園一ぱいに春の地烟　　一茶

樗堂の句はこの歌仙の発句（第一句）。発句には切れ字を入れるなど、いくつかの約束ごとがありますが、なかでも座に対する挨拶が重要とされます。

鶯が大きな声で鳴いていて、春らしい日和であることを詠んでいます。「咽（のど）にあまりて啼（鳴く）」とは、じつに生きいきとした詠みぶりで、あふれでる春の喜びが一句の主題となっています。

それと同時に、これは客である一茶への挨拶でもあります。客人である一茶を歓迎する自身の思いを鶯に重ねているのであり、一茶の来訪を「のどにあまりて」喜んでいるのです。

それに応えたのが一茶の句です。脇（第二句）は発句の心に寄り添うように詠まなくてはなりません。

二畳庵の庭いっぱいに春が溢れていて、あたたかな風に地烟が立っていると応じています。脇でもまた春の喜びをあらわすと同時に、亭主である樗堂の心のあたたかさを褒(ほ)め称(たた)えているのです。

『連句が語る一茶と松山』（庚申庵倶楽部編）では、「私（一茶）が、この春のつむじ風のように、突然舞い込んできたので、きっと迷惑なことでしょう」と恐縮の意を込めていると解釈していますが、たしかにそういった気持ちが一茶にはあったかもしれません。砂埃が舞う「地烟」は、ふつう迷惑なものです。「地烟」と諧謔(かいぎゃく)を込めて詠むあたりは、修行中の作ながらすでに一茶の持ち味があらわれています。

樗堂は、一茶より十歳年長で、このときすでに俳壇で確固たる名声を得ていました。松山の造り酒屋の主人であり、町方大年寄役(まちかたおおとしよりやく)を務めた伊予でも指折りの富商でしたが、芭蕉を心から尊敬し、早々に家業を引退するなど清廉な人でした。そうした樗堂の人柄に一茶は強く惹かれたのかもしれません。

一茶と樗堂が直接顔をあわせることができたのは、この西国の旅のときだけでしたが、文通によるやりとりは終生続きました。


一茶は、五十二歳で結婚するまでずっと「おひとりさま」でしたが、俳句という文芸に出会ってからは、孤独ではありませんでした。一茶の俳句が、どんなに悲惨な世界を描いても、そこに滑稽や慈愛の光が射しこんでいるのは、俳句を詠むと、それを読んでくれる人と心が通い合えるという確信があったからでしょう。

一茶は、日本中を旅しますが、その旅の先々に俳句で結ばれた人々がいて、あたたかく迎え入れられます。俳句の「座」とは現代に置き換えればソーシャル・ネットワークのようなものだったかもしれません。

江戸の貧困の底から脱け出し、数多くの人たちと繫がることが出来たのは、一茶の平らな言葉のおかげでした。一茶にとって平明さとは、生きるため、人と繫がるために不可欠なものでした。

江戸という中央文壇の地位を放棄して、故郷・柏原に帰住したのも、彼にとって文芸的名声はなんの意味もなかったからでしょう。

　めでたさもちう位なりおらが春

　そして晩年、菊と出会い、子どもが生まれ「家族」をもって生きることの喜びをしみじみかみしめました。

「文芸的公共性」と「SNS」

　ドイツの社会学者ユルゲン・ハーバーマスはヨーロッパが近代化していく過程において、その基盤として「文芸的公共性」が成立していたことを指摘しています。

「文芸的公共性」とは、読書をする公衆を基盤とする「公共性（ネットワーク）」だというのです。つまり一般庶民が読書をして、その感想を自由に言い合う環境のことです。

　その前提として、高い識字率と出版文化の成熟がなければなりませんが、一茶の時代の日本にはすでにそれがありました。古典の出版はもちろん、江戸では読売（かわら版）といわれる新聞が売られ、農業や料理などについての実用書や観光旅行のためのガイドブックといったものまで刊行されています。

滝沢馬琴は『南総里見八犬伝』など戯作といわれる大衆向けの小説を書いて、原稿料だけで生計をたてた日本で最初の作家となりました。ものを作るということが、すなわち大衆の要求にこたえるということになったのは、この時代からです。つまり文化の手綱を大衆が取るようになり、大衆が時代を動かし始めたのです。

「文芸的公共性」が発達していけば、当然、そこでは政治についても話が及ぶようになります。現代のわれわれが、日々の政治について、ああだこうだ言うのと同じように、当時の人びとも幕政があぁだ、藩政がこうだという話をしていたのでしょう。

そういったことをハーバーマスは「文芸的公共性」が発展した「政治的公共性」の段階であるといっています。いわば近代民主主義の基盤です。

たとえば俳諧における「座」の場でも、当然、折々の出来事が共通の関心事だったでしょう。当時の句座は連句（歌仙）を作るものでしたが、ほかの文芸や古典についての話、ひいては政治や経済にまで話は及んだことは想像に難くありません。

また、浄土真宗における「講」もそうした役割を果たしたでしょう。門徒衆（信者）が車座になって、お坊さんから法話を聞いたり、悩み事を相談し合ったりする会合ですが、講もまた「文芸的公共性」「政治的公共性」の場であったと考えられます。

SNSが発達して、指先一つで容易に人と人が繋がる便利な世の中になりましたが、いまやそのメリットよりも、「フェイク」と呼ばれるデマや誹謗中傷、プロパガンダが横行する言論空間が野放図に広がって、政府や大企業が個人のプライバシーを侵害したり、特定の人を匿名で攻撃して自殺に追い込んだりと、無法地帯のような負の側面が顕著になってきました。

ITによってコミュニケーションが便利になったわたしたちですが、一茶の時代のリアルで親密な、そして知的なネットワークにはまったく及ばないような気がするのは筆者だけでしょうか。

オノマトペの詩人たち

自分の思いや伝えたいことを、しっかり読み手の心に届けることを信条としていた一茶は、俳句に、オノマトペを多用しました。

雪とけてクリクリしたる月夜哉(かな)

オノマトペとは擬音語や擬態語のことです。「雨がザアザア降る」の「ザアザア」、「手がベタベタする」の「ベタベタ」がそれで、前者が音をあらわした擬音語、後者は状態をあらわした擬態語です。

ことばを覚えたての子どもが、犬のことをワンワンといったり、車のことをブーブーといったりするように、オノマトペは知識や理屈を抜きに、きわめて直感的に相手に伝わる表現、いいかえれば、誰にでもわかる言葉です。

一茶のことばは、平たく、やさしいのですが、オノマトペはことばによる表現のなかでも、もっとも平たいものです。

掲句では「クリクリ」が擬態語です。クリクリは「クリクリまなこ」、「クリクリ坊主」というように丸いものに使われますが、一茶は月が丸いことを「クリクリ」といったのです。

この「クリクリ」は、潤（うる）みを帯びた春の満月の生命感を生きいきととらえていて、たしかな手触りがあります。雪が解けて春が来たよろこびが、この「クリクリ」という誰にでもわかることばで、鮮やかにいいあらわされています。

ちなみに「クリクリ」は、山口仲美編『擬音語・擬態語辞典』によると、室町時代からみられるそうですが、一般的によく用いられるようになったのは、近代以降ではないでしょうか。一茶の「クリクリ」に近代的で新鮮な響きを感じるのは、筆者だけではないはずです。

オノマトペをうまく使うことは、俳人にかぎらず、すべての詩人にとって重要なことです。なにしろ日本語におけるオノマトペの数は膨大で、先の『擬音語・擬態語辞典』には、約二千語が収録されています。

そのうえ、あたらしいオノマトペがいまも日々どこかで生み出されているわけですから、その数は無限といってもいいかもしれません。

タクシーは来ず梅雨(つゆ)冷(び)えの靴ぴえん

人気番組「プレバト!!」の俳句コーナーで「ぴえん」という新語を使ったタレントの若槻千夏さんが詠んだ句を夏井いつきさんが添削した一句。ちなみに「ぴえん」は泣いている様子をあらわす擬態語です。
少しでもことばにこだわりのある人ならば、オノマトペは無視できないはずで、まして や詩人においては、オノマトペへの感度は大切です。

えへん　わたくしはあるいている
ノートをかかえ　二十世紀の原始時代を
とことこ　てくてく　あるいている
はにかみながら　あるいている

（谷川俊太郎『二十億光年の孤独』「わたくしは」集英社文庫）

現代詩の谷川俊太郎さんはもちろん、芭蕉や蕪村もオノマトペを使っています。オノマトペの使い手であるということは、すぐれた詩人の条件と言えるのかもしれません。

ひやひやと壁をふまへて昼寝哉（かな）　芭蕉
春の海終日（ひねもす）のたりのたり哉（かな）　蕪村

いずれもよく知られた名句です。「ひやひや」、「のたりのたり」がオノマトペ。このオノマトペの効果もあって、句意はあらためて解説するまでもなく、明確に伝わってきます。オノマトペで有名な句をもう少し挙げてみます。

によつぽりと秋の空なる富士の山　　鬼貫
水鳥やむかふの岸へつういつい　　惟然

ふたりとも元禄のころに活躍した俳人です。鬼貫（おにつら）は伊丹（いたみ）（現・兵庫県伊丹市）の人。「東の芭蕉、西の鬼貫」とまでいわれた俳諧師。惟然（いぜん）は芭蕉の門人。師匠・芭蕉の死後、自作の「風羅念仏」を唱えて諸国を行脚した奇人でもありました。

「によつぽり」も「つういつい」も独特な言い回しでありながら、高空にそびえる富士山の様子、水鳥が、滑らかに水上を進んでいく様子がありありと浮かびます。これらの句は一茶に影響を与えたといわれています。

きりきりしやんとしてさく桔梗哉
むまさうな雪がふうはりふはり哉
たのもしやてんつるてんの初袷
大蛍ゆらりゆらりと通りけり

一茶

一句目、「きりきりしやん」は、たたずまいがきちんとして、たるみや無駄がない様子。桔梗はまさにそんな花です。二句目、おいしそうな雪が降ってくる。故郷柏原は豪雪地帯。雪が大嫌いだった一茶もこうした無邪気な句を詠んでいます。三句目、五十四歳にして長男が生まれたときの句。てんつるてんは「つんつるてん」に同じで、着物の丈が短いことをいっています。袷を着せたところ、子どもの成長が思いのほか早く、丈があっていなかったことを嬉しそうに、われわれ読む側に報告しているような趣です。四句目、じっさいのところ、蛍は小さくて、ゆらりとするほどの重みなどないのですが、「ゆらりゆらり」ということによって、蛍に量感が生まれ、むしろ現実よりも、暗闇にたゆたう光が生々しくなっています。

方言をつかう

しゃべるように、だれにでもわかることばで詠むことをこころがけていた一茶には方言をつかった句も多くみられます。

一茶はふだんから方言に強い関心をもっていたようで、故郷の信濃をはじめ、全国の方言を生涯にわたって蒐集し、『方言雑集』として記録しています。「信濃方言独吟（しなのほうげんどくぎん）」という独吟歌仙（ひとりで発句、脇句と三十六句詠む連句）という一茶の作品があり、これは全体が口語で、かつ信濃の方言が詠み込まれているのです。最初の三句を挙げてみましょう。

こりよそけへいつけておけよお年玉
　何（ど）この国でか春風のふく
引かけてひつさばいては凧張（たこはり）て

第一句（発句）、「こりよそけへいつけておけよ」は「これをそこへ載せておけよ」という意の方言。二句目（脇）、「何この国でか」は口語です。三句目、木などに凧を引っ掛けて、引き破ってしまっては、また凧を張り直すという句意。

この歌仙には、「おやげねへ芝居のあるに雨がふる」、「こげたまに船に積こむ今年米」などの表現が採用されていて、「おやげねへ」は気の毒だの意、「こげたまに」は、しこたま、たくさんの意の信州柏原の方言です。

この歌仙が巻かれた日時ははっきりしていませんが、一八一二年（文化九年）、一茶が五十歳で信州へ帰住した後の作品であると考えられています。

故郷へ帰ったことは、一茶の人生において大きな出来事でしたが、その作品にも大きな影響がありました。オノマトペや方言を駆使して、しゃべるように詠む傾向は故郷へ帰住してから、より顕著になるからです。

愛する人に

一茶は故郷に帰住するにあたって、江戸俳壇を引退しました。中央俳壇での名声を放棄したのです。実際には引退しても一茶の名声が下がることはなかったのですが、一茶にとって、そういったことはどうでもよかったようです。

故郷帰住後の一茶の周囲には、俳諧を愛好する地元の人々が集まりました。高山村の久保田春耕（しゅんこう）、湯田中の湯本希杖（きじょう）、三水村（さみずむら）の滝沢可候（かこう）といった豪農や商人の名士たちで、一茶の門人になりました。

かれら信濃の人びとと歌仙を巻いたり、俳諧談義をしたりすることが、一茶にとって創作の場になっていきます。それは地元の人びとが一茶の句の最初の読者（ファースト・リーダー）になったことを意味しました。一茶が詠んだ句をはじめに目を通し、良し悪しを論じるのが、故郷の人々になったのです。

ファースト・リーダーが専門職になったのが、いまでいうところの「編集者」という職業ですが、江戸にいたときのファースト・リーダーが、〝中央俳壇の花形〟夏目成美であったことを考えると、これは大きな変化です。

日々、一流の文人たちと交わり、古典にも精通していた成美にくらべれば、さすがに地元の門人たちは劣ります。書き言葉である「文語」もあやしいところがあったかもしれません。

したがって、一茶は故郷でふだん使われていることばで詠む必要がありました。ふだんしゃべることばで句を詠んで周囲の人たちに読んでもらい、喜んでもらうこと。それが故郷帰住後の一茶にとって、いちばんの句作の動機であり、大切なことだったのではないかと考えられます。このときの一茶は、中央俳壇で評価されるような句を詠むよりも、目の前にいる人たちと心を通わせる句を詠みたかったのではないでしょうか。だから信州の方言を使ったのではないかと思うのです。

なかでもいちばん読んでもらい喜んでほしかった人は、妻の菊だったかもしれません。菊は隣村の米穀商を兼ねた農家が実家で、結婚前、柏原の本陣（参勤交代のさいの大名の宿所）で奉公をしていたようですが、おそらく寺子屋で学んだ「読み、書き、算盤（そろばん）」くらいの教養だったでしょう。

一茶にとって菊は、はじめてできた守るべき存在、愛さねばならぬ存在です。母方の遠縁の人なので、母のおぼろげなおもかげを重ねることもあったかもしれません。愛する菊に自分の句をわかってもらうには、彼女がふだん使っていることばで詠まなければ、理解してもらえません。

しゃべるように俳句を詠む。口語や方言で詠みオノマトペを多用した句が有名になったことで、一茶の句は低俗で子どもじみていて深みに欠けるという、明治以降の俳壇の世界で誤解どころか偏見が広がったことも否定できません。

しかし、方言やオノマトペの多用が一茶の句を低俗なものにしていると言うのなら、近代以降の文学はすべて否定されなくてはなりません。

七十四歳女性のひとり暮らしを通じて「老いとともに生きること」「自分らしく自由に生きること」をユーモラスに描いて芥川賞を受賞した若竹千佐子さんの『おらおらでひとりいぐも』は、いったいどうなるのでしょうか。

おひとりさまの一茶

社会学者の上野千鶴子さんは最近『在宅ひとり死のススメ』というずいぶん過激な本をお書きになって話題になっていますが、ベストセラーとなった『おひとりさまの老後』でこんなことを書かれています。

「ひとりはさみしい」とか、「だれが老後のめんどうをみるの?」とか、ネガティブなメッセージは聞きあきた。

ただし、「おひとりさまの老後」にはスキルとインフラが必要だ。いかに暮らすかについてのソフトとハードといいかえてもよい。ハードについては、おカネや家などさまざまな参考書が出ている。（中略）わたしは、ひとりで生きる智恵というソフトの面を重視したいと思う。

（上野千鶴子『おひとりさまの老後』法研）

三歳から孤独だった一茶は、俳人になることで「おひとりさま」で暮らすためのソフトを身につけました。それは、たくさんの友人とのネットワーク。「弥太郎」が「一茶」になったとき、彼はたとえひとりぼっちでも、もはや孤独でもなければ孤立してもいなかったのです。

上野さんも『在宅ひとり死のススメ』で、「孤独死して発見される」のが怖い人へのアドバイスとして、友人ネットワークを構築することを挙げられています。

とくに「社会人」でなくて「会社人」の日本人男性にとっては、一茶が俳句によってかけがえのないネットワークを築いたことは、生きるヒントになるかもしれません。

第四章 ひねくれ者一茶

骨肉の争い・遺産相続の真相

俗物で強欲

これまでに小林一茶を題材にして戯曲や小説を書いた作家に、井上ひさしさん、田辺聖子さん、藤沢周平さんがいます。この三人の作品に共通する小林一茶のイメージは「ひねくれ者」で「すれっからし」です。

「身体に気をつけろ」

不意に弥五兵衛は、弥太郎にむき直って言った。ぎごちない微笑をうかべている。

「はじめての土地では、水に馴れるまで用心しないとな。それからな……」

弥五兵衛は、弥太郎をのぞきこむようにして、ちょっと口籠ってから言った。

「お前は気が強い。ひとと諍うなよ」

弥太郎は、父親がお前はひねくれているからと言おうとしたのかも知れないと思ったが、素直にうなずいた。

弥五兵衛は、低い声でぽつりぽつりと訓戒めいた言葉を続け、最後に時どき便りしろ、辛抱出来ないときは、遠慮なく帰って来い、と言った。

（藤沢周平『一茶』文春文庫）


故郷の、父の遺産を、半分貰（もら）わないではおかない。みてろ、おさつに専六。

（遺言書はこっちにあるんだからな。――なめるなよ、おれを）

と一茶は思う。いつも意識の隅っこにひっかかって、しこりになっているのはそのことなのだ。どうやって亡父の遺言通りに実行させるか、これから先どのくらいかかるか、江戸で成功するにせよ、しないにせよ、ともかく、遺産の分け前は、取り立てるつもりだ。田舎といっても一茶の家は信州柏原村の本百姓で、田畑もあり家屋敷も大きい。親の遺言通り資産を弟と二つ割りしても、まだ村内では中の上くらいになる。田舎に資産がちゃんとあれば、江戸でもうひとふんばりしてみせる力も湧く、ってもんだった。

（遺書は、こっちにある。親の遺書、というのはものすごい力だもんな。こればっかりは、あの婆さんも、ぐうの音（ね）も出やしめえ）

と一茶はにやりとし、

（……おお、寒む）

と蒲団に身をちぢめた。

（田辺聖子『ひねくれ一茶』講談社文庫。筆者注：専六は仙六のこと。専六と表記した史料もある）

先に、一茶の俳句が「子どもじみていて、深みがなく俗っぽい」と誤解されていたことについて触れましたが、一茶という人物もまた、童心のような美しい俳句とは裏腹の、俗物で強欲なイメージが付きまとっています。これは、異母弟との遺産相続争いをめぐる確執や、札差でお金持ちの俳人・夏目成美の屋敷から金子（きんす）を盗んだ嫌疑をかけられたこと（第八章参照）などの史料をもとにした後世の批評が人口に膾炙（かいしゃ）していったのだと思われます。

ちなみに井上ひさしさんの戯曲はこの金子紛失事件がモチーフです。

いったい一茶は、ほんとうはどのような人物だったのか——ここからは、その誤解を解き一茶の実像に迫るとともに、心の内を素直に言葉にする俳句という文芸によって一茶がどのように救われていったのか明らかにしていきたいと思います。

望郷、そして帰郷

　山寺や雪の底なる鐘の声　　一茶

一茶、二十八歳の句。みちのくの旅から江戸にもどり、いよいよ修行時代もなかばを迎えつつありました。雪深い故郷・柏原を懐かしんでいます。雪に埋もれた山寺の鐘の音が一茶の心の中に響きます。「雪の中」ではなく「雪の底」。

　国境の長いトンネルを抜けると雪国であった。夜の底が白くなった。
（川端康成『雪国』）

ノーベル賞作家・川端康成の名作『雪国』の冒頭、「トンネルを抜けると雪国であった」はあまりにも有名な書き出しですが、鮮やかなのはそれに続く「夜の底が白くなった」という描写です。短い言葉で、これからはじまる駒子と島村の情愛の舞台となる雪国の情景が鮮やかに浮かび上がります。

雪国の夜の底。一茶が、雪の底でじっと息をひそめるように生きていた故郷の柏原を出立してから十三年もの歳月が流れていました。望郷の思いは募るばかりです。

一七九一年（寛政三年）三月二十六日、一茶は江戸を発ち、下総の馬橋、布川をめぐり、いったん江戸に戻ってから、信州を目指します。初めての帰郷。そのときの記録が『寛政三年紀行』（稿本）です。十五歳のとき柏原から江戸に向かった旅路を逆にたどります。中山道を進み、碓氷峠を越え軽井沢に至ると、往路で見た浅間山周辺が、八年前の天明の大噴火によって荒涼とした光景に一変していたことに衝撃を受けます。追分宿から北国街道に入り、善光寺を参詣して、柏原の生家に帰ってきました。

門の木も先つつがなし夕涼み

季語は「納涼」で夏。「門の木」は、いわば家の守り木であり、おそらく一茶が生まれる前から門に植わっていた大きな木でしょう。懐かしさが心の底からこみあげてきます。十四年の歳月が流れて大きくなった門の木を、一茶は久しぶりの我が家で夕涼みをしながら仰ぎ見て、心安らぐ気持ちに浸っています。一茶が生家に着いたのは、日が暮れて、家々に灯りがともる黄昏時でした。念願が叶ってあまりの喜びにしばらく言葉も出なかったといいます。

　灯をとる比、旧里に入。日比心にかけて来たる甲斐ありて、父母のすくやかなる顔を見ることのうれしく、めでたく、ありがたく、浮木にあへる亀のごとく、闇夜に見たる星にひとしく、あまりのよろこびにけされて、しばらくこと葉も出ざりけり。

（『寛政三年紀行』）

父・弥五兵衛はもちろん、わだかまりのあった継母・さつの息災な様子に接して「うれしく、めでたく、ありがたく」感じ入り、恩讐を超え、できれば生家に根を下ろして暮らしたいという一茶の願望もうかがえます。

しかしその願いは、長く叶うことはありませんでした。

ほんとうの一茶

はじめて「里帰り」を果たした一茶は、一七九二年（寛政四年）、西国、つまり西日本へ旅に出ます。

関西、四国、九州をおよそ七年もの歳月をかけて巡ります。その間、一度も江戸へ戻ることはありませんでした。

この旅は、一茶の俳句修行の総仕上げ、宗匠（俳句の指導者）として独り立ちすることが目的の研鑽です。旅立ちのとき一茶は三十歳。三十代といえば、今も昔も働き盛りです。肉体的な若さがありながらも人格的に成熟していく時期です。一茶はそうした人生において大事な時期である三十代の過半を占める時間をこの旅に費やしたことになります。

その甲斐あって、この旅は、生涯の友に巡り合い、『たびしうゐ』『さらば笠』という二冊の選集を編んで刊行するなど、実りの多いものとなりました。

当時は生前に個人句集を出す習慣がなかったため、選集を出すということは、句集を出すことと同義です。というより、選集は他人から新作の句をもらって収める必要があり、俳壇内に自身の名が知られ、かつ、それなりの人脈がないとまともな選集になりません。つまり俳人としてかなりの力量と信頼がないと選集を出すことはできないのです。

一茶が旅のさなかに刊行した処女選集『たびしうゐ』（寛政七年）は、自身の所属する葛飾派の素丸、元夢といった師匠筋、完来、成美といった江戸の大家の句をはじめ、この旅で知遇を得た闌更、月居、士朗、升六、其成、文暁など西国の錚々たる面々が句を寄せています。

いずれも当時の俳壇で重きをなす人びとですが、一茶は旅のなかで、こうした俳人たちと歌仙（連句）を巻いたり、俳諧について意見を交わしたりすることで、多くのことを学び、また、自身の存在を認めてもらうことができたのです。

一茶といえば、俳壇で評価されなかった不遇の人という印象がありますが、それは大きな間違いで、処女選集『たびしうゐ』をみれば、一茶が葛飾派の若手実力派として、いかに有望視されていたかがわかります。と同時に、この西国の旅が充実したものであったことを示すものでもあります。

それは、『たびしうゐ』の巻頭句によく表れています。巻頭に掲げるということは、一茶の自信作であったことを意味しますし、当代の俳人たちからみても、一茶といえばこの句だ、ということです。

天広く地ひろく秋もゆく秋ぞ

天地という広大な空間を季節が過ぎ去っていく――この句では季節がまるで旅人であるかのように詠まれています。秋は「実りの秋」ともいわれるように豊かな季節であり、暑くもなく寒くもなく、紅葉に彩られる錦秋はこのうえなく美しい季節でもあります。そうした豊かさ、美しさが過ぎ去っていくことへの寂寥もこの一句の要になっています。

西国行脚からもう一句挙げます。

天に雲雀人間海にあそぶ日ぞ

季語は「雲雀」で季節は「春」。

この句もまた天地という広大な空間を俯瞰して、天と海を真っ二つに分けて大胆に詠んでいます。

注目すべきは「人間」という言葉です。現代では、「ヒト」とか「人類」といった言葉と同義のものとしてよく使われますが、一茶の時代（江戸後期）では、一般的でもなければ、俳句に使われるような言葉ではありませんでした。

「人間」とは、もともとは「人間界」という意味の仏教用語です。平たく言えば、煩悩にまみれたわれわれ（衆生）が生きている「この世」のことです。やがて、それが人間界に生きる「人」のことを指すようになったのです。

一茶がここでわざわざ「人間」という言葉を使ったのには、どういう意図があったのでしょうか。

一茶が敬虔な門徒（浄土真宗の信者）だったことは先述しましたが、西国の旅で世話になった先には浄土真宗に関係する人々が多くいました。肥後八代（ひごやつしろ）（熊本県八代市）の文暁は、浄土真宗正教寺（しょうきょうじ）の住職ですし、伊予（いよ）の樗堂（ちょどう）も門徒でした。そうしたなかで仏教にかかわることも話題にのぼり、「人間」という言葉も交わされたのではないでしょうか。

掲句を詠んだのは、讃岐の観音寺浦（香川県観音寺市の海岸）。悠々と天に舞い上がる雲雀のすがたは、海で潮干狩りをして遊んでいる人間とは対照的で、煩悩や苦しみとは無縁の姿のようです。まさしく浄土と人間界のありようを啓示しているかのようです。

ここに掲げた二句のような大柄な俳風こそ、「小林一茶」本来の姿であり、これらを代表句とみる一茶への評価は、至極真っ当なものだと思います。

母と父

一茶が海を詠んだものに、このような句もあります。

亡き母や海見る度に見る度に

無季の句です。すでにご承知のように、一茶の母・くには、一茶が三歳のときに亡くなっています。したがって、一茶には母の記憶はありません。しかし海を見るたびに母を思い出すというのです。

山国生まれの一茶にとって、海はけっして懐かしいものではなかったでしょう。ふつうに考えれば、海＝母を思い出すトリガーにはなりません。しかし、一茶には「海」について、次のようなイメージがありました。

紫の雲にいつ乗るにしの海

西の海とは、あの世へ続く海であり、極楽浄土（西方浄土）から阿弥陀如来が紫の雲に乗って迎えにくることになるだろうと詠じています。

そうしてみると母を詠んだ句からは、この海をわたって亡き母のもとに行くのだという一茶の母を慕う思いが伝わってきます。

さて、西国行脚の旅を終えて、宗匠となった一茶は、江戸へ戻り、葛飾派の俳人として活動を始めます。亡師・竹阿の二六庵を継承し上々の滑り出しでした。一茶は、意気揚々とふたたび柏原に帰省します。一茶、三十九歳、一八〇一年（享和元年）のことでした。

ところが、このとき父・弥五兵衛の身に異変が起きます。一茶とともに農作業をしていたときのこと。さっきまで茄子の苗に水を遣っていたはずの父が、畑の泥土に突っ伏しています。その広い背中は晩春の日差しを燦々と浴びていました。

「どうしてこんなところでうつ伏せになっておられるのか」

すぐには状況を呑み込めなかった一茶が慌てて抱え起こします。

「少しばかり具合が悪い」

と、父は答えましたが、高熱を発しているようで、その肌は火に触るかのようでした。医者に診せたところ、父は傷寒（しょうかん）（腸チフス）でした。当時の医学レベルでは、有効な治療法はありません。一茶は、江戸に戻らず柏原に留まって、父の回復のわずかな可能性を信じて、昼も夜もなく看病を続けます。

そんなとき、父から財産分与の話が切り出されます。それは一茶と異母弟・仙六で田畑を折半するというものでした。

これに仙六がヘソを曲げてしまいます。一茶はこれまで田畑の世話をなにもしてなかったではないか、だから、田畑に丹精込めた自分がすべてを相続すべきだという主張です。継母・さつも同意見です。たしかにこの二人の言い分、わからなくもありません。

しかし、この〝遺言〟以降、仙六とさつは父の看病を放棄しました。

終焉日記

一茶は、父親が腸チフスを発症して倒れてから、その死、葬儀、初七日までを描いた

『父の終焉日記』という句日記（稿本）を遺しました。

日記が文学になるとき、それは日記がたんなる事実の記録を超えて、個人のこころの葛藤や社会の不条理を描き出したときです。『父の終焉日記』は、日本近代文学の本流である私小説の先駆的作品ともいわれています。

一茶は揺れる心の内を平明な言葉で綴りました。

高熱の苦しみから、父は冷たい水を欲しがります。医者からは白湯（さゆ）のみと固く禁じられていて、一茶はそれを守っていました。ところが、継母たちはあっさりと水を与えてしまいます。一茶とさつ・仙六は言い争いになり、互いの溝は深まるばかりです。

さらには、砂糖をめぐって言い争いになります。砂糖は痰を切る薬として使っていたのですが、当時はとても高価なものでした。弥五兵衛がしきりに欲しがるのに腹を立てたさつは、砂糖代にいったいいくらお金がかかったかとまくしたて、「死にかけの人間には無駄金だ」と暴言を吐きます。そのため砂糖を買うことを断念し、継母たちの言動はまるで父の死を望んでいるかのようだと、一茶は嘆きます。

その後も、父は医者に止められている酒を欲しがったり、冷たい水を欲しがり、継母と弟は早く死なせようとするかのようにたっぷり飲ませます。そのうちに父は、一茶を遠ざけるようになり「毒」をすすめる継母たちには機嫌よく接するようになります。

一茶ひとり手に汗をにぎるといへども、二人に敵しがたく、終にいさむるにかたかりき。表には父をいたはると見えて、心には死をよろこぶ人達のいたしざまこそ口をしけれ。

多量の酒を飲み干す父の様子を見ながら、一茶はひとり、手に汗を握る思いであったが、二人には敵しがたく、どうしても諌めることができなかった。表には父をいたわるように見えて、心のうちでは死を喜ぶ継母たちのやり方がくやしくてしかたがない。（意訳）

父と子の回想

はるばる善光寺から招いた名医・道友が処方した薬が効いたのか、一時は回復の兆しは見せたものの、一茶のたった一人の味方であり理解者である父は日に日に弱っていきます。

寝すがたの蝿追ふもけふがかぎり哉

季語は「蝿」で夏。

一茶の看病は献身的なものでした。父のために、夜も一睡もせずに枕元でうちわを扇いだり、むくみをとるために足を揉んだり、たかってくる蝿を払い、父を見守ります。

しかし、そういった一茶の姿をさつと仙六は苦々しく思い、邪険に扱います。遺産を折半せよという父の言葉が、さつを夜叉に変え、仙六を人鬼に変えました。夜半、熱に苦しむ父に水を飲ませるために、暗いなか、井戸水を汲みに出ようとしたところ、父が「井戸に落ちるなよ」と幼い子どもを気遣うかのように、一茶に声をかけたのを継母が聞きつけ、「よほど愛してらっしゃるんですね」と皮肉をいうこともありました。

　父は一茶の夜の目も寝ざるをいとほしみ給ひて、「昼寝してつかれを補へ」「出て気はらせ」などと、和かきこと葉をかけ給ふにつけても、母は父へあたりつれなく、父の一寸のゆがみをとがめて、三従の戒をわすれたり。是てふも、母にうとまるるおのれが、枕元につき添ゆゑに、母は父に迄うきめを見する事の本意なさやと思へども、かかる有様を見捨て、いづちへかそぶきはつべき。

昼夜、看病にあたる一茶に、父はいたわりの言葉をかけてくれますが、このことが継母たちの気に障り、一茶だけでなく父にもつらくあたるようになりました。継母に疎まれるじぶんが枕元に付き添っているせいで、父に迷惑をかけているのだと自分を責めますが、かといって父を見捨てて、この家を去るわけにもいきません。

そんな葛藤を抱えながら一茶は看病を続けました。

それは十五歳の春に別れて以来、空白になっていた父子の時間を埋めていく作業でもありました。一茶は回想します。

十四歳（筆者注：正確には十五歳）の春の暁、しをしを家を出し時、父は牟礼迄おくり給ひ、「毒なる物はたうべなよ。人にあしざまにおもはれなよ。とみに帰りて、すこやかなる顔をふたたび我に見せよや」とて、いとねもごろなることの葉に、おもはず涙うかみしが、未練の心ばしおこりなば、連なる人に笑はれん、父によわき歩みを見せじと、むりにいさみて別（わかれ）けり。

十五歳の春、しおしおと家を出て江戸に向かうとき、父は牟礼（北国街道の宿場町、柏原の二つ先）まで見送ってくれた。「身体に悪いものは食べるな、人に嫌われるようなことはするな、またすぐ帰って、元気な顔を見せてくれ」と父からやさしく言葉をかけられて、思わず涙をこぼしそうになったが、連れの人に笑われてはいけない、父に弱い姿を見せてはいけないという思いで、男らしく勇んで別れた。（意訳）

藤沢周平さんが小説に描いた父子の別れのシーン（先述）ですが、当時、弥五兵衛は、一茶を守るには、一茶を家から出すしかないと考えたのです。やむを得ない判断だったとはいえ、弥五兵衛はそのことをずっと後悔していました。

一茶はそんな父の気持ちをじゅうぶん知っていて、父を恨むことはありませんでした。たった一人の味方であった、そんな父がいま、臨終を迎えようとしています。

初七日

一茶の思いもむなしく、弥五兵衛は息を引き取りました。享和元年、五月二十一日のことでした。

父祖以来の田畑を耕して生きていく——父・小林弥五兵衛は本百姓の本懐を全うしたのです。初七日を終えたときの句。

父ありて明けぼの見たし青田原

季語は「青田」で夏。一茶は、父が耕してきた田んぼの稲が青々と夜明けの風にそよいでいるのを、父とともに眺めたかったというのです。農に生きた父の生涯を象徴するかのような青田原。読者に語りかけるような平明な言葉が胸に迫ります。一茶は以前にこんな句も詠んでいました。

もたいなや昼寝して聞く田うゑ唄

田植えは重労働です。だからみんなで唄を歌う。本来なら農家の長男の自分は、この季節は田植えをしなければならないのに、俳句という遊芸を生業としてしまい、ただただ、もったいなくもありがたい田植え唄を聞いている――父とは対照的な人生をおくってしまったという負い目と百姓への畏敬の念は生涯変わることはありませんでした。

父の遺言を守るということを小林家の本家（一茶の家は分家でした）に約束させたシーンを前文に据えたこの句をもって『父の終焉日記』は終わります。

遺産相続は決着せず、父を亡くした悲しみにふけることもできないまま、一茶は、故郷を辞し江戸へ発ちます。

第五章　我星はどこに旅寝や天の川

美しいものではなく

一八〇一年（享和元年）九月、父を亡くした一茶は江戸に戻ると、ふたたび浮き草のような俳人の暮らしが始まりました。すでに三十九歳。一家の主になっていてもおかしくない年齢なのに、一茶には、妻も子も家もありません。

夕桜（ゆふざくら）家（いへ）ある人はとく帰る　　一茶

季語は「夕桜」で春。

家のない一茶だけが、迎えてくれる家族もなく、いつまでも春の夕闇の桜の中にとり残されています。「家ある人」という言葉の裏側に、帰るべき家がないつらさ、故郷を失ったかなしみが深く刻まれています。

このとき一茶は江戸の愛宕山別当勝智院（あたごさんべっとうしょうちいん）（現・江東区大島、大島稲荷神社）に身を寄せていました。住職が白布（はくふ）という俳人であったため、その厚意で住まわせてもらっていたようです。

父が亡くなり、遺産相続争いが始まり、そのいっぽうでは、まだ俳人としての名声を確立できておらず、定職にもついていなかった一茶にとって、当時世界最大の人口を誇った巨大都市・江戸で暮らしていくのは過酷なことでした。

しかし、この時期から一茶の句は深まりをみせてゆきます。「ひがみ」「そねみ」「屈託」「うらみつらみ」、言ってみれば、花鳥風月のような美しいものではなく、これまで誰も表出することのなかった心の内を俳句にしていきました。

木つつきの死ねとてたたく柱かな

「死ね」。日本の詩歌においてこの言葉を使ったのは、一茶がはじめてではないでしょうか。あまりにも衝撃的で鋭く胸に突き刺さります。

安房鋸南保田（あわきょなんほた）（千葉県安房郡鋸南町）の大行寺（だいぎょうじ）に滞在し、葛飾派の俳人・児石（じせき）を訪ね、その庵で詠んだ句です。じっさい啄木鳥（きつつき）がそこにいて、懸命にくちばしで柱を敲（たた）いている様子ですが、一茶は「死ね」といわれているように聞こえたというのです。そのように思われていると感じることが、日頃からあったのでしょうか。南房総の秋の日に、邪悪な心が突然、鎌首をもたげる蛇のように現れました。

心の悲鳴を俳句に

椋鳥（むくどり）と人に呼（よ）ばるる寒さ哉（かな）

江戸の人びとは信濃からやってくる大量の季節労働者のことを椋鳥といって嘲（あざけ）りました。椋鳥が大集団で騒がしくねぐらに移動する様子からいうのです。一茶もまた椋鳥と呼ばれる一人でした。

あまりに出稼ぎ労働者が多かったため、幕府の法令によって取り締まりの対象となります。三年以上、江戸にいてはいけないというものです。この法令は一茶が江戸へ出た年に公示されました。

しかし、椋鳥のなかには、一茶のように帰りたくても帰ることができない者もいます。帰ったところで柏原には居場所はありません。生家には継母がいて、一茶を拒むのです。

古郷やよるも障も茨の花

古郷は蠅迄人をさしにけり

一八一〇年（文化七年）五月、遺産相続交渉のために一時帰郷した際の句ですが、継母と弟の一茶に対する刺々しさを茨の花にたとえていっているのです。この句には、「村長誰かれに逢ひて、我家に入る。きのふ心の占のごとく、素湯一つとも云ざれば、そこそこにして出る」という前文があるのですが、柏原の村長をはじめ、誰彼に会ったあと、実家をおとずれたが、白湯のひとつも出してくれないため、早々に立ち去ったというのです。遺産相続争いは収拾するどころか対立は深まり、継母との関係は修復不可能なまでに破綻していました。「古里の蠅はまるで蚊のように刺す」と、二句目も同じようなことをいっています。

人誹る会が立なり冬籠

どういった人たちなのかはわかりませんが、他人の悪口をいうための集まりがあるというのです。もううんざりですが、自分は寒い冬を籠もってやり過ごすしかないといいます。今ではＳＮＳ上での誹謗中傷で自殺に追い込まれた人も出ています。一茶がもし現代に生きていたとしたら、俳句のモチーフにして同じように詠じたかもしれません。

このような句を詠む一茶が、ひねくれている、すねている、ひがんでいるように映り、やがては鋭敏な作家たちの目に留まり小説や戯曲の題材になりました。

しかし、苛酷な現実に押しつぶされそうになるとき、心は悲鳴を上げるし、呻き声を漏らします。一茶はそれを俳句にしました。

継母と異母弟との相続争いも、冷静に考えてみれば、一茶は長男であるにもかかわらず家を追い出されています（当時は長男が家を継ぐべきものでした）。そのうえ、実父は兄弟で遺産を折半するように遺言をのこしています。それにもかかわらずその遺言は守られなかったのです。しかも、家を追われたために、孤独で貧しい都会暮らしを強いられました。もしあなたが一茶の立場になれば、おそらく一茶のように異議を申し立てるのではないでしょうか。一茶が人よりも強欲だったから遺産相続争いをしたわけではないのです。自身の当然の権利を主張したに過ぎません。

一茶の生涯を知ったいま、「ひねくれ者」というレッテルは、一茶がこれまで誰も表出できなかったものを俳句にした〝勲章〟とも、一茶の近代性の証しとも言えるものなのかもしれません。

継母や異母弟との確執や都会の貧困と孤独に苛（さいな）まれる気持ちから一茶を救い出したのも、俳句という文芸でした。

こうして心の内を表に出したことで、一茶の俳句はさらに深化を遂げます。

二十億光年の孤独

一茶はいつも孤独で、ずっと旅をしていました。

最初の旅は、十五歳のとき。父親に牟礼の宿まで見送られて江戸に向かいました。その後、俳句と出会い、みちのくの旅（寛政元年）、最初の里帰り（寛政三年）ののちの西国の旅は、寛政四年から寛政十年、足かけ七年に及びます。江戸での暮らしも、仮住まいですから、十五歳で柏原をでてから、五十二歳になって柏原に戻るまで、ずっと旅をしていたといっていいのかもしれません。そんな長い旅路のなかで、その折々に孤独な身辺を詠んできましたが、時として、一茶の俳句はその境涯をはるかに越えることがありました。

我星はどこに旅寝や天の川

この広大な宇宙にあっては誰もが一人です。億光年の時間軸で、人間はひとりで生まれ、束の間の生ののち、ひとりで死んでいきます。それは人間という存在であれば誰しもが抱えている普遍的な孤独です。

こうした孤独にあっては、継母へのうらみつらみも、冷たい世間の風当たりも、不遇な身の上への嘆きや悲しみも、みな無きに等しいものです。

ただ宇宙の中に生まれ落ちた者としての孤独だけが、億光年の静けさのなかにぽつねんと佇んでいる――夜空を流れる天の川を眺めながら、「ゆくあてのないこの星はいまどこで旅寝をしているのだろう」と思いをめぐらし、一茶は無限の宇宙のなかに、漂泊するじぶん自身を見出そうとしています。

荒海や佐渡によこたふ天の河　　芭蕉

『おくのほそ道』の旅の途上、出雲崎よりはるかに佐渡ヶ島を望んで詠んだとされる、芭蕉の一句。こちらも大きな構えの名句ですが、『おくのほそ道』の本文や森川許六編の俳文集『本朝文選』に収められた芭蕉の「銀河ノ序」をあわせて読むと、この天の河は、引き裂かれたふたつの物語の象徴として詠まれていることがわかります。

七夕伝説の織姫と彦星の悲恋と、世阿弥など罪人が収監された流刑地としての佐渡です。美しくもはかなく引き裂かれた二人の男女、世間から隔絶された流人のあわれ、そうしたものを象徴する存在がこの句における天の河です。たしかに、芭蕉の天の河は、中世の絵巻物のような平面的な印象をもちます。

〝近代人〟一茶の孤独は、百二十年前の芭蕉より、百五十年後に登場した詩人の作品に通じるものがあります。

万有引力とは
ひき合う孤独の力である

宇宙はひずんでいる
それ故みんなはもとめ合う

宇宙はどんどん膨んでゆく
それ故みんなは不安である

二十億光年の孤独に
僕は思わずくしゃみをした

（谷川俊太郎『空の青さをみつめていると　谷川俊太郎詩集I』
「二十億光年の孤独」角川文庫）

谷川俊太郎さんの処女詩集『二十億光年の孤独』（一九五二年）に収められた表題詩の

一部を抜粋引用したものです。

谷川さんは、二〇〇三年四月に誕生したという設定の人型ロボット「鉄腕アトム」が主人公のアニメ主題歌を作詞しました。科学はニュートンの物理学的世界からアインシュタインのそれに進歩して宇宙の謎をさらに明らかにするとともに、人類はこのロボットの動力である核エネルギーをつかった原爆を広島と長崎に投下した第二次世界大戦のあとも、大気圏外の宇宙空間を飛ぶ核弾頭ミサイルを総計七万発も用意して来るべき戦争に備え対峙していました（いまは一万三千発に縮小したとされる）。

天文学と俳句

そんな最新科学に裏打ちされた谷川さんの現代詩と一茶の俳句の宇宙観が存外に近く感じられるのは、一茶の時代に、天文学が大きな進歩をみせていたからです。

ちょうど一茶が西国を旅していたころ、「寛政暦」への改暦事業が始まりますが、ここではじめて日本の暦（こよみ）に西洋天文学が取り入れられることになります。京都に天文台が作られ、天体観測が行われました。

また、一般にも天文学が浸透しはじめていました。たとえばコペルニクスの地動説はすでに安永年間（一七七二〜八一年）に日本に入ってきており、漢訳された西洋天文学の書物も蘭学の流行に乗って一般に流通していたのです。一茶の同時代人である伊能忠敬が、日本地図制作のための測量をはじめたのも、きっかけは地球の大きさを測りたいという天文学的な探求心からでした。

一茶の時代の人びとは、近代的な天文学にもとづいた宇宙観をもっており、それは現代のわれわれとほぼ同じようなものだったと思います。一九五〇年代初頭、早世の青年詩人が感じた宇宙の孤独と一茶のそれは、芭蕉のよりも明らかに近接しています。

ちなみに、渋川春海（一六三九〜一七一五年）という天文学者をご存じでしょうか。映画にもなった冲方丁さんの小説『天地明察』の主人公といえば思い出す方もいるでしょう。春海は幕府の天文方を務め、これまで使用していた中国の暦ではなく、日本初の「和暦」となる「貞享暦」を編纂したほか、日本で最初の地球儀を作っています。また、当時最新の望遠鏡を用いて天体観測をしており、その著書『天文瓊統』（一六九八年成立）において、天の川が微細な星ぼしの集合であることを指摘しています。天の川を観測した記録としては日本最古のものとなります。

裏を返せば、それまでは天の川が無数の星ぼしからなるものであるとは考えられていなかったということになります。おそらく神秘的な光の帯といった程度の認識であったのでしょう。

じつは、春海と芭蕉は同時代の人です。しかし、あまりに先進的な科学であったので、その知識が一般に広まるには、時を待たなくてはならなかったのです。

流山の天晴味醂

一八〇四年（文化元年）は不穏な年でした。

干支は甲子（かっし）、革令（かくれい）にあたる年で、陰陽道では変乱が多い年とされ、平安時代以降、日本では改元されることが通例でした。

この年も、これまでどおり「享和」から「文化」へと改元され、人びとは新しい時代を迎えました。しかし、安らかな一年というわけにはいきませんでした。このことは、あとでふれることにします。

文化元年五月、四十二歳の一茶は流山（千葉県流山市）にいました。

刀禰川（とねがわ）は寝ても見ゆるぞ夏木立（なつこだち）

流山には「天晴味醂（あっぱれみりん）」を醸造、販売する秋元家がありました。この句は一茶が秋元家を訪れた際に詠んだものです。

当主・秋元三左衛門は双樹（そうじゅ）と号する俳人で、流山で酒や味噌を造っていた商家の五代目でした。のちに全国的に知られることになる味醂の醸造をはじめたのは、双樹の代になってからのことだといわれています。

当時、味醂といえば、関西で醸造される褐色の赤味醂がもっぱらでしたが、秋元家をはじめとする流山の蔵元によって、透明に澄んだ味醂が新たに開発されました。白味醂です。現代とは異なり、料理用ではなく飲み物で、甘酒のように暑気払いに飲まれました。その甘い味わいは女性に好まれたといいます。秋元家の白味醂は「天晴味醂」として大消費地・江戸で爆発的に売れました。双樹はその礎を作った人物とされています。

この秋元双樹と一茶はたいへん気が合ったようで、一茶はおよそ十年の間に双樹邸で百三十六泊しています。財界人であった双樹は文化や芸術についても理解があり、一茶に限らず、多くの文化人を自邸に迎えていました。

一茶は三年前に父を亡くし、そこからはじまった遺産相続交渉を進めていたところで、江戸本所五ツ目（江東区大島）の勝智院という寺に間借りしながら、おおかたは旅に出る孤独な暮らしを続けていました。

俳人としての評価は高まりはじめていて、中央俳壇の〝花〟といわれた夏目成美のもとに出入りするようになったのもこのころのことです。一茶を師として慕う人びともあらわれ、富津（千葉県富津市）の花嬌、布川（茨城県北相馬郡利根町）の月船といった房総の門人たちのもとに積極的に足を運びます。「一茶園月並」という、いまでいう結社誌のようなものを定期的に発行しており、ようやく俳諧宗匠として本格的に活動をはじめたところでした。

運河狂時代

産業革命は人類の歴史において大きな分岐点となりました。

十八世紀、イギリスにおける紡績の機械化や、蒸気機関といった動力の発明は人びとの生活を一変させ、経済を飛躍的に発展させました。産業革命の波は西欧諸国に広がっていき、やがて日本にも押し寄せてくることになります。

産業革命の大きな社会的基盤（インフラ）となったものに運河があります。

イギリスではもともと自然の河川を用いた水運が利用されていましたが、河川のない地域にも大量輸送の必要がでてきたため、人工の川、つまり運河を建設するようになったのです。一七六〇年代から一八三〇年代の産業革命初期が運河利用の最盛期で、イギリスの主要都市はすべて運河で結ばれることになり、その熱気から、この時期は「運河狂時代」と称されるほどです。こうした運河の発展がイギリスの近代化に大きく寄与したのです。

ひるがえって、同じころの日本。

双樹邸はいま一茶双樹記念館（千葉県流山市）となっていますが、すぐそばには悠々と流れる大河があります。

双樹邸の二階の座敷で詠んだ「刀禰川は寝ても見ゆるぞ夏木立」で、一茶はこの大河を利根川といっていますが、これはじつは江戸川のことなのです。

江戸川は幕府によって、新しく建設された人工の川で、つまり運河です。利根川の水を引いていますから、大きくとらえれば、利根川といえなくもないので、当時の人々は、慣習的に、江戸川のことも利根川といっていたのでしょう。

この江戸川がわざわざ作られたのは、いうまでもなく、水運のためです。イギリスと同様、江戸時代の日本もまた物流の基本は水運でした。

当時、世界最大の人口を誇った都市、江戸の市中には、川や運河を通して、全国からコメや酒などあらゆる物が運びこまれました。すべてのモノは江戸を目指したのです。

「天晴味醂」もまた江戸を目指しました。

双樹邸は一茶がいうように、寝っ転がっていても眺められるほど江戸川に近い位置にありますが、このロケーションは、味醂を船に積んで江戸へ送るのに好都合でした。双樹のもとで造られた味醂は、江戸川からさらに新川（しんかわ）や小名木川（おなぎがわ）といった運河を西へ進んで、隅田川に出て江戸市中、日本橋あたりへと運びこまれたと思われます。「天晴味醂」が江戸で大売れしたことはすでに述べましたが、それは運河なしには、ありえませんでした。

運河を利用したものといえば、有名なものに「葛西船（かさいぶね）」があります。いまではベッドタウンである葛西（江戸川区）ですが、当時は新興の農村でした。葛西では江戸の消費を支えるべく野菜がつくられており、一大供給地となっていたのです。

野菜を作るには肥料が要ります。そこで江戸の市民たちが日々排泄する大量の糞尿を汲み取って下肥（しもごえ）にしました。下肥は、運河を使って運ばれましたが、その船のことを

「葛西船」といったのです。

葛西から江戸へは野菜が運ばれ、江戸から葛西へは下肥が運ばれるという需要と供給、生産と消費の循環が成立していました。それもまた運河の存在があってのことです。

俳諧師のもうひとつの役割

もちろん、運河は同時に人を運ぶことにも使われます。

たとえば、当時、大流行した成田山や鹿島神宮への参詣。江戸の人びとにとって寺社への参詣は観光を兼ねた娯楽のひとつでした。

ちなみに芭蕉も鹿島詣（『鹿島紀行』）の際には、深川から行徳（千葉県市川市）まで舟に乗って鹿島（茨城県鹿嶋市）へ向かっているし、『おくのほそ道』の旅のときには、千住（隅田川の北岸が足立区、南岸が荒川区）まで舟に乗っています。いずれのときも、深川からは小名木川といった運河を使って旅に出ています。芭蕉が小名木川のすぐそばに住んだのも、この運河の利便性を考えてのことだったでしょう。

一茶が住んでいた勝智院も小名木川のすぐそばにあります。小名木川は隅田川と中川を東西に結んでいますが、これも幕府によって造られた運河であり、経済と物流の中心であった日本橋へ物資を運び込む重要な役割がありました。

一茶の場合、実際にそうしたかどうかはわかりませんが、自宅からぱっと舟に飛び乗れば、そのまま流山の双樹邸のすぐそばまでいくことができたのです。徒歩でいくよりも、はるかに速くて楽。ひょっとすると味醂とともに舟に積まれて家に帰ったことがあったかもしれません。

一茶は双樹のもとへ俳諧や古典を教えにいくだけではなく、江戸で仕入れた最新の情報を伝えるといったこともしていたようです。

江戸で流行(はや)っているものや俳壇の動向といったことから、たとえば政治情勢、幕府の方策であったり、徐々に日本を脅かし始めていた欧米列強の情報などを仕入れ、双樹に話したと思われます。あるときは双樹の求めに応じて、江戸で書物を探したこともありました。一茶から得た情報を双樹は流山の人びとに伝えたのでしょう。

こういったことは一茶に限らず、当時の俳諧師にとっては当たり前のことでした。まだメディアがじゅうぶんに発達していない時代にあって、江戸の文化や最新情報を地方へもたらすのが、一茶のような江戸の俳諧師たちの役割でもあったのです。

いっぽう、双樹は一茶が引越ししたさいに家財道具を贈ったりしており、一茶の俳諧師としての活動を経済的に支援していたことがわかります。二人の間には、たんに師弟や俳友といった関係だけでなく、そうした相互補完的な関係が築かれていました。

このように文化は江戸から運河をとおって地方へもたらされ、いっぽう、モノは運河をとおって地方から江戸へともたらされました。江戸と地方との間には、そうしたハードとソフトの流通構造が確立していたのです。

幕末の気配

話は少し戻ります。文化元年は波乱の多い年でした。

六月、奥羽地方で起こった「象潟地震」によって象潟（きさかた）が陸地化してしまいました。象潟は、古来から和歌で詠まれた景勝地でした（第九章参照）。ロシア使節ニコライ・レザノフが幕府に通商を求めて長崎へ来航したのもこの年のことです。いわゆる「文化露寇（ぶんかろこう）」です。

春風の国にあやかれおろしや船

「おろしや」とはロシアのこと。「春風の国」は日本を指すのでしょう。我が国は春風のように太平で穏やかであるというのです。その平和をロシアにも求めているのです。八月、一茶はふたたび双樹邸を訪れていますが、そこで洪水に遭います。利根川（江戸川）が氾濫したのです。

夕月（ゆふづき）や流れ残りのきりぎりす

洪水後、流されずに済んだきりぎりすが鳴いている。運河を切り開き、どれだけ文明が発達しても、自然の脅威を防ぐことはむずかしいのです。人類が地球環境を不可逆的に変えていまや「人新世（ひとしんせい）」という地質年代に入ったという人もいますが、大洪水、土石流、暴風雨、大火事に見舞われる二十一世紀のわれわれも大自然の前には無力です。

一八一二年（文化九年）、双樹は五十六歳で亡くなります。一茶が遺産問題を解決し、信濃へ帰る直前のことでした。

庭（には）掃いてそして昼寝（ひるね）と時鳥（ほととぎす）　　双樹

秋元家の菩提寺、赤城山光明院に句碑があります。あくせくしたところのない、じつにゆうゆうとした一句ですが、その余裕の奥に、人生の終末を予感しているような一抹の寂しみが感じられはしないでしょうか。それでも双樹らしい「かるみ」の句、日々、せかせか暮らすわれわれ現代人には、こういった句はなかなか詠めません。双樹という人の等身大の姿が立ち現れてきます。

また一茶の「刀禰川は寝ても見ゆるぞ夏木立」に相通ずる空気感があることも見逃してはいけないでしょう。この二つの句をならべてみると、当時の流山の双樹邸に流れていた時間のようすがよくわかります。

こうしたたっぷりとした余裕こそが、一茶が双樹を愛した何よりの理由であっただろうし、流山という土地を愛した理由であったのでしょう。

双樹邸へ通っていたころの一茶は、平穏な心ではいられない時期であったように思えます。世のなかは幕末の動乱へと向かいつつあり、あいつぐ天変地異にも苦しみました。また一茶自身も遺産相続争いという個人的な問題を抱えていました。

つかのまの安らぎが双樹邸にはありました。

第六章　「歎異抄(たんにしょう)」を詠む

地獄の誕生

花の影寝まじ未来が怖ろしき　一茶

季語は「花」で春。俳句で花といえば桜のこと、「未来」というのは、ここでは死後の世界という意味になります。

「死ぬのが怖い」

そんな一茶の声がはっきりと聞こえてきそうな、最晩年の一句です。一茶は死にたくないと訴えています。

人は死んだ後、どうなるのでしょうか。死後の世界は存在するのでしょうか。

死について、死者は語ることができません。そのため、死後のことは誰にもわからないし、生きているかぎり、だれも真実を知ることはできないのです。

肉体が滅んだ後、意識や魂はどうなってしまうのか——古来、このことは全人類にとって共通の大きな問題でした。

かつて古代人たちは肉体が滅んでも魂は別の世界で生きていくと考えました。たとえば古代エジプトでは「アアル」という楽園、古代ギリシアでは「エリュシオン」という冥界、古代日本では「黄泉の国」があると信じられていました。死んだ人間は死者だけが住む別の世界に行く——古代人が考える死後の世界とは、そうした素朴なものでした。ところが、やがて新しく宗教が生まれます。アジアでは仏教が、西欧ではキリスト教がユダヤ教の母胎から誕生します。

新しい宗教においては、たんに死後の世界があるだけでなく、そこに天国と地獄という二つの行き先が存在すると説きました。生前の行いによって行き先を選別されるというわけです。生きているうちに悪い行いをすれば、死後、地獄に堕ちる。地獄に堕ちたくなければ、生前、善行を積まなくてはなりません。

これは仏教、キリスト教（カトリック）、イスラム教、ヒンズー教、それぞれ天国や地獄の描かれ方こそ違いますが、いずれの宗教の教義にも共通します。

日本に仏教が伝来するのは飛鳥時代のことですが、多くの先進的な知識や倫理観、美術（仏像など）や建築技術とともに、地獄という概念がもたらされました。悪い行いをすれば、地獄に堕ちる。日本人が地獄を恐れるようになるのは、このときからです。仏教によって日本人の死生観が大きく変わったのです。

当時、仏教は国家事業によって強力に広められました。聖徳太子（厩戸皇子）らは、この舶来の新思想である仏教によって国を治めようとしたのです。

当時の日本の庶民や地方の豪族たちは、地域ごとにそれぞれ異なる土俗の信仰をもっていましたが、そうしたかれらにまず広められたのは、難しい教義ではなく、いたってわかりやすい物語である「浄土思想」だったと考えられます。それはさきほど述べたような、善行を積めば、阿弥陀仏に救済され、極楽浄土（天国）に行くことができ、罪を犯せば、地獄へ堕ちるというものです。

為政者は各地に官寺（国分寺）を造営し、そこに勤める聖職者つまり出家した僧侶は、教学を学び厳しい修行を重ねて悟りを開き、在家の人々を教宣指導していきました。

庶民が地獄を恐れてくれることは、国を治める側にとっては、まことに好都合でした。罪を犯せば地獄に堕ちるのですから、犯罪の抑止になります。善と悪の区別がはっきりするようになり、宗教的な禁忌が生まれ倫理観が向上します。お布施をすれば善行になるので、みなこぞってお布施をするようになり、写経をしたり、供養をしたり、酒色を断つなど厳しく自分を戒め、善行を積むことにこの世での生きがいを見出した人も少なくなかったでしょう。

こうして多様でばらばらだったこの列島の民たちは、仏教によって一つになり、日本にはじめて中央集権国家が成立することになりました。

仏教によって国家が統一されていくとともに、死生観も統一されていきます。民衆には死への不安とともに地獄への恐怖が植え付けられ、誰もが無意識のうちに、そのような仏教世界の枠組みに縛られて生きていくことになりました。こうして日本に地獄が誕生したのです。

法然と親鸞

地獄というものが日本人の心に宿ってから数百年後、平安末期から鎌倉時代にかけてのことです。長く続く戦乱や相次ぐ自然災害で荒廃した当時の人びとの絶望は極限に達していました。そうしたなか、現世においては、もはや救いがないため、死後の世界（浄土）に期待しようという末法思想（まっぽうしそう）が人びとの間で流行しました。

とはいえ、死後の世界には地獄が待っているかもしれません。この世にも期待が持てず、あの世では地獄が待っているとしたら、どうしたらいいのか。人びとの多くは貧しく、その日その日を生きるのが精一杯で、出家者のように修行を積むことはできません。もちろん、なすべき供養やお布施もままなりません。

そうした人びとを救ったのが、法然であり、その弟子の親鸞でした。ふたりは「南無阿弥陀仏」と念仏を唱えさえすれば、だれでも極楽往生できる、つまり天国へ行けると説いたのです。これは死生観に劇的な転換をもたらすことになりました。数百年来の地獄の呪縛から人々を解放したのです。

法然と親鸞の宗教改革は、これまで寺（僧侶）が支配する世界観に縛られていた人々を解き放つことでもありました。

たとえば、断酒について法然が答えた「酒飲むは罪にて候か。答う、まことには飲むべくもなけれども、この世の習」の一節で有名な『一百四十五箇条問答』をひもとけば、法然が信仰にまつわる当時の迷信や因習をじつに明快なことばでばっさりと切り捨てているのがわかります。そして念仏さえ唱えれば極楽往生できるということを一貫して主張していることもはっきりわかります。

現代の目から見ても、その答えようはきわめて論理的で、しかも当時の庶民でも理解できるような平たいことばで、在家の人々が抱える悩みや疑問を晴らす問答となっています。

一例を挙げてみましょう。「百万遍念仏」にかかわる問答です。

「念仏を百万回唱えると、かならず往生するといわれていますが、残された命が短くて唱えられそうにないのですが」という問いに、法然は「それ（百万遍念仏）は間違ったことだ」と即座に否定し、「十回唱えても往生できます。また、ただの一回でも往生します」と答えます。質問者はもちろんのこと、これによって心を救われた人がどれほど多くいたことでしょうか。

ちなみに和歌を詠むことは罪になるかという問いに対し、「罪も得、功徳にもなる」（罪にも功徳にもなる）と答えているのも、文学というものの本質をよくとらえていて、なかなか見事だと思います。

こうしたことから、法然や親鸞の教えはまたたく間に人びとに受け入れられました。しかし、それはいっぽうで既得権を破壊することにもなります。人びとに地獄の存在を刷り込むことで利益を得、統治の安定を図ってきた国家や、旧仏教の教団からすれば、法然や親鸞は厄介な危険分子であり、かれらの説く教義は危険思想でした。

法然や親鸞の台頭に危機を感じた比叡山の僧たちは念仏停止を後鳥羽上皇に訴えました。一二〇七年（建永二年）、法然は讃岐へ、親鸞は越後へと流されてしまいます。

しかし、その後もふたりの教えは庶民の間に広まっていき、浄土宗、浄土真宗として教団化して、日本の中世からやがては戦国時代にかけて、たちまちに日本の最大宗派となっていきました。

一茶の祖先

ここで、一茶の故郷・柏原という町の成り立ちについて、もうすこし詳しく述べておきたいと思います。

柏原には、江戸時代に賑わった宿場町というだけではない、興味深いもうひとつの顔があります。

もともと柏原は、街道が一本あるだけの何もない場所でした。そこに一茶の祖先たちがやってきたのは、江戸のはじめ一六三一年（寛永八年）のこと。何もなかった土地をかれらが新たに切り拓いたのです。

一茶の祖先たちはどこからやってきたのか。それは一茶が何者であるかを知る重要な手がかりにもなります。

一茶の祖先たちは、三河国の加茂郡月原（現・愛知県豊田市）に住んでいました。当地にあった明専院という寺の檀家で浄土真宗に深く帰依した人びとでした。

浄土真宗は親鸞が開いた宗派です。親鸞は、流罪になった越後の地で、南無阿弥陀仏と唱えさえすれば誰でも極楽往生できるという法然上人の教えを、俗世間の人々の中に飛び込んで広めます。後鳥羽上皇に僧侶の身分を剝奪され「藤井善信」という俗名を強要されたことに反発し、「非僧非俗」（僧でもなければ在家でもない）の立場を貫き、自らを「愚禿」（愚かな剃髪）と名乗った親鸞は民衆の熱狂的な信心を集めることになりました。真宗は、今も日本で最も信者（門徒）の多い宗派です。

門徒はそれぞれの地域で強く結束しており、何かあれば一揆を起こすこともありました。加賀の守護大名・富樫政親を滅ぼしたことで知られることになった一向一揆です。支配者からすると危険な教団と信者であり、ゆえに迫害される対象にもなりました。

一五六三年（永禄六年）、一茶の祖先たちの運命を変える大きな事件が起こります。

三河一向一揆。戦いの相手は、徳川家康でした。

家康の弾圧

三河地方はもともと浄土真宗の勢力の強い地域でしたが、当時の領主・松平（徳川）家康は三河の統一を進めていくなかで、寺院の持つ利権の剝奪を試みました。そこで門徒側と衝突が起こったのです。

忠誠心の強いことで有名な三河家臣団にも真宗門徒がいて、なかには一揆側につくものもでてきて一族が敵味方に分かれてしまうなど、文字どおり三河を二分する血で血を洗う様相を呈することになりました。もちろん、一茶の祖先は一揆側に加わりました。

合戦は約半年にわたって繰り広げられ、はじめは教団側が優勢でしたが、しだいに形勢は逆転し、最終的には家康側の勝利に終わります。

それから七年後の一五七〇年（元亀元年）、織田信長による石山本願寺への攻撃がはじまりました。世にいう石山合戦、浄土真宗本願寺勢力の総本山への攻撃です。

このときもまた、一茶の祖先たちは三河からはるばる参戦しました。これは信長と同盟関係にある家康にとって、目障り（めざわり）な行動ですし、七年前の悪夢が脳裏をよぎったことでしょう。

合戦は長期化し、十年戦争となりますが、そのさなかの一五七七年（天正五年）、明専院に対し、家康はついに改宗命令を出します。しかし、明専院の僧侶と門徒はそれを受け入れなかったため、国払いとなってしまいます。彼らは故郷を追われ、越後国習禅寺村（現・新潟県上越市）へと逃れていきました。

一茶の祖先たちはいわば宗教難民であり、故郷喪失者でした。信仰のために故郷を失ってしまったのです。

その後、かれらは寺にしたがい、放浪をつづけ、信州各地を転々としたのち、ようやく柏原という安住の地にたどりつきます。それが一六三一年（寛永八年）、一茶が生まれる約百三十年前のことです。

先述のとおり、かれらが柏原にたどり着いたとき、そこは何もない土地で、幕府の直轄支配のもと、宿場町としてこれから開発していこうとするところでした。一茶の祖先たちはゼロから町や田畑を作り、柏原という町が生まれたのです。

柏原を拓いた人びとの開拓精神と宗教心は脈々と子孫たちに受け継がれて、小林弥五兵衛の長男・弥太郎の心身にも流れ込み、一茶の俳句の世界を支える根本思想になりました。

他力

ともかくもあなた任せのとしの暮

句文集『おらが春』は一茶の集大成ともいうべき作品です。その『おらが春』最後の一句。季語は「年の暮」で冬。先に紹介した「めでたさもちう位なりおらが春」から始まった文政二年の一年を、「今年もいろいろあったけれど一切を阿弥陀仏にお任せして来年もまた生きていこう」と締めくくります。

「あなた任せ」とは、広辞苑によれば「他人にたよって言いなりになること」で、一般的にはあまりよい意味合いではありません。しかし、ここでは、よけいな「はからい」を捨てて、いっさいを阿弥陀仏に任せる「他力本願」による安心立命の境地をいいます。

「あなた任せ」について、一茶はこの句の前文で、こう言っています。

　他力信心、他力信心とばかりいって力を入れていると、他力の縄に縛られてしまい、結局、自力地獄の炎の中へ落ちてしまう。

　また、私のような汚い土凡夫（仏の真理を悟りえず煩悩にとらわれている人）を阿弥陀様のように美しい黄金の肌にしてくださいと、一方的にお願いすることで、仏らしくなったような気になって、むやみに悟りきってしまった態度になるのは、まさしく自力そのものの姿である。

　迷える衆生の者が問う。

「それでは、どのように心得ていれば、仏の御流儀にかなうのでしょうか」

　僧が答えていう。

「別に難しいことはありません。ただ自力にも他力にもとらわれず、なにもかもすべて、さらりと遠い沖まで流してしまえばいいのです。来世にどうなるかという一大事は、その身を阿弥陀様の前に投げ出して、地獄なりとも極楽なりとも、阿弥陀様のおはからいにお任せしますとお頼みするだけのことです。

　そのように心に決めた以上は、欲張って生きてはいけません。それができれば、念仏を唱えたりする必要もありません。願わなくとも仏はあなたを守ってくださる

でしょう。これこそ浄土真宗における安心の境地なのです」（意訳）

飛鳥時代に仏教が日本に伝来して以降、人びとは善行を積めば、極楽浄土へ行けますが、そうでなければ、地獄へ落とされてしまうという考えを信じてきました。浄土思想は、死んだらどうなってしまうのかという不安を解消するのに役立ちましたが、いっぽうで地獄へ堕ちるという新たな不安を生みました。

極楽浄土へ行くには現世での行いが大事です。そのため先述のように、人びとは善行を積み、写経をしたり、供養をしたり、お布施をしたり、さまざまな努力をするようになりました。なかには酒色を断つなど厳しく自身を戒め、悟りを得ようとする者もいました。「自力」とはもともと出家し仏門に入った聖職者が、「難行（なんぎょう）」、つまり教義を学びきびしい修行を重ね、煩悩（ぼんのう）を滅して悟りを開くことをいいましたが、在家者にも「自力」が求められたのです。

そうしたことに疑問をもったのが、法然であり、親鸞でした。

「南無阿弥陀仏（なむあみだぶつ）」と念仏を唱えさえすれば、極楽浄土へいけると人々に説いたのです。

「自力」ではなく、阿弥陀仏の本願にすがる「他力」、「難行」する必要はなく、「易（い）

行」すなわち「念仏」です。

ただ、ここで一茶は「他力」ばかりいって、「他力」に依存してしまっても、結局は「自力」に陥ってしまうということをいっています。

それではどうすればいいか。「自力」も「他力」も捨て去って、来世にどうなるかなど考えず、すべては阿弥陀仏の判断に委ねる、そしてよけいな欲を出さずに生きていれば、念仏すらも必要ないというのです。これが、一茶のいうところのほんとうの「他力」であり「あなた任せ」なのでしょう。

さまざまな人生上の苦難を経て、一茶が手にした答えが「ともかくもあなた任せのとしの暮」でした。

ちなみに『おらが春』原本の掲句の上欄には、「親鸞上人　隔ヌル地獄極楽ヨクキケバ只一念のシハザ也ケリ」と記してあります。死後の世界を地獄と極楽に隔ててあるが、よくよく聞いてみれば、ただのちょっとした思い込みの仕業であったという親鸞の言葉です。

あの世には「地獄」も「極楽」もない。誰もが安心して往生できると、一茶はそんな思いを込めて『おらが春』を締めくくりました。

「千人殺しなさい」「地獄以外に住処はない」

親鸞に引き付けられたのは、敬虔な門徒だった一茶だけではありません。いまも数多くの人が親鸞の教えを心の拠り所としています。

親鸞は生涯一度も「悟りを開いた」と言ったことがない、それどころか、二十年間も比叡山で厳しい修行をしても煩悩を捨てきれず、仏門では破戒にあたる肉を食べ妻を娶り、子どもが七人もいた不思議な宗教者でした。その親鸞の言行を、弟子の唯円がまとめた『歎異抄』は、哲学者の西田幾多郎や梅原猛、作家の遠藤周作や司馬遼太郎、思想家の吉本隆明らが愛読して止まなかった仏教書です。いまも現代文に訳した歎異抄や、くだんの人たちが著した解説書や入門書がよく読まれています。

いったいなぜ歎異抄は、読む人を魅了するのか――それはおそらく、歎異抄はすぐれた仏教書であると同時に、宗教、そして人間の存在について深く悩み考えつづけている親鸞の姿が、そこから読み取れるからではないでしょうか。

同書にはこんな一節があります。

あるとき聖人が、「唯円房よ、おまえは私の言うことを信じるか」とおっしゃいましたので、「もちろんでございます」とお答え申し上げたところが、「そうか、それじゃ私のこれから言うことに決して背かないか」と重ねて仰せられたので、つつしんでご承知いたしましたところ、「じゃ、どうか、人を千人殺してくれ。そうしたらおまえは必ず往生することができる」とおっしゃったのであります。そのとき私が、「聖人の仰せですが、私のような人間には、千人はおろか一人だって殺すことができるとは思いません」とお答えしたところ、「それではどうしてさきに、親鸞の言うことに決して背かないと言ったのか」とおっしゃいました。そして、「これでおまえはわかるはずである。人間が心にまかせて善でも悪でもできるならば、往生のために千人殺せと私が言ったら、おまえは直ちに千人殺すことができるはずである。しかしおまえが一人すら殺すことができないのは、おまえの中に、殺すべき因縁が備わっていないからである。自分の心がよくて殺さないのではない。また、殺すまいと思っても、百人も千人も殺すことさえあるであろう」とおっしゃいましたのは、われわれの心が、良いのを良いと思い、悪いのを悪いと思って、善悪の判断に捉われて、本願の不思議さにたすけたまわるということを知らないことを仰せられたのであります。

（梅原猛『梅原猛の「歎異抄」入門』ＰＨＰ新書）

人間の煩悩の深さと不可思議さ、そして宗教そのものの危うさについても言及しています。あるとき、「本当に念仏を唱えると救われるのか、念仏を唱えると地獄に堕ちるという人もいる」と、関東からわざわざ京都にいる親鸞に教えを乞いに訪ねてきた弟子たちを前に親鸞はこんなことを言います。

私は、ただ念仏すれば、阿弥陀さまにたすけられて必ず極楽往生ができるという、あの法然聖人のおっしゃいましたお言葉を、ばか正直に信じている以外に、別の理由は何もないのであります。念仏をすれば、本当に極楽浄土に生まれる種を播くということになるのでしょうか。それとも、それはうそ偽りで、念仏すればかえって地獄におちるという結果になるのでしょうか。残念ながらそういうことは私はとんと知ってはいないのであります。たとえ法然聖人がおっしゃったことがでたらめであり、私は法然聖人にだまされて念仏をしたため地獄におちたとしても、ちっとも後悔いたしはしません。といいますのは、私が念仏以外の他の行を一生懸命勤めて、その結果仏になることができるような身でありながら、念仏をしたために地獄におちるというならば、法然聖人にだまされたという後悔も起こりえましょう。

しかし、私はそんな智恵も徳行もなく、念仏以外の他の行によって仏になることなどはとっても期待できない身でありますから、念仏の行によらなかったら、永遠に地獄にいるより仕方がない身なのであります。（中略）

だから皆さん、以上の私の言葉をとっくりお考えのうえ、念仏を信じなさるもよろしいし、念仏を捨てなさるのもよろしい。まったく皆さま方の自由勝手、皆さまの方が自分でおきめになることであります。（同前）

自分のことを包み隠さず語り、「専修念仏」への覚悟を示し、いっぽうで弟子たちには厳しい態度で臨んでいるのは見事というほかありません。しかしそれにしても関東から京にのぼるのは、当時の交通事情では文字どおり命がけの旅だったはずで、親鸞のありがたいお言葉を期待していた弟子たちはさぞかしびっくりしたと思います。

『おらが春』をはじめ、一茶の俳句や文には、驚くほど、歎異抄にのこされた親鸞の言行と重なるものがあります。ちなみに一茶の時代には一般には歎異抄は知られていませんでした。一茶も読んでいないはずです。それにもかかわらずこれだけ重なるということは、一茶が親鸞の思想をじゅうぶんに咀嚼し、理解していたことの証しになると思います。

四国三十三所の観音霊場をめぐるお遍路さんが、弘法大師と一緒に巡礼しているということをあらわす「同行二人（どうぎょうににん）」という言葉がありますが、一茶の俳句には、最後まで煩悩を抱えたままの宗教者であった親鸞の影がつねに寄り添っています。

結着

一八〇七年（文化四年）七月、父の七回忌の法要のため、一茶は、故郷・柏原に戻ります。父の死以来、はじめての帰省でした。このとき遺産相続のことを弟の仙六と話し合いますが、うまくいきません。十月八日、江戸に戻ります。しかし戻って間もなく、月末にはふたたび故郷に向かいます。もちろん遺産相続の交渉のためですが、またも話し合いは進展しません。

心からしなのの雪に降られけり

江戸への帰り路、毛野(けの)（現・長野県上水内郡飯綱町）の門人、滝沢可候(たきざわかこう)宅に滞在していたときに詠んだ一句。

雪は一茶にとって故郷の象徴です。あるときは懐かしく、またあるときは冷たく拒んでくるものでした。

初雪(はつゆき)や故郷(ふるさと)見(み)ゆる壁の穴
雪の日や故郷人(ふるさとびと)もぶあしらひ

一句目。父の死からこのかた故郷から遠ざかっていた江戸暮らし。壁の穴から故郷が見えるというのはいかにも一茶らしい諧謔ですが、その笑いの向こう側に郷愁の寂しさがあります。

二句目。遺産相続のために柏原に入ったときの第一声。雪国にあっては、雪の日はみな不機嫌になるのでしょうか、生家だけでなく故郷の人びとでさえも一茶のことを冷たくあしらうかのようだと詠嘆しています。日記（『文化句帖』）によれば、この日は晴れていました。「晴れの日や」では俳句になりません。一茶の孤独な心にのみ冷たく降った雪でした。

しかし、復路で詠んだ「心からしなのの雪に降られけり」の句では、ぶあしらいする生家への不満もなければ、「壁の穴」の句のような憧憬もありません。心の底から故郷の雪にただただ降られている、やがて、複雑に沸き立つ故郷への感情は、降りしきる雪によって真っ白に染められていきます。

名月(めいげつ)の御覧(ごらん)の通(とほ)り屑家(くづや)哉(かな)

季語は「名月」で秋。

いよいよ懸案の遺産相続の交渉も大詰めを迎えます。自分が生まれ育った家を追い出されてから早、三十年の月日が経ちました。一茶はようやくその家に帰ることが許されようとしています。

しかしながら、かくまで自分が執着している家は、ご覧のとおりの粗末なあばら家であるといいます。これを一茶流の皮肉と解釈する人が多いようですが、実際はそうではありません。

「自然法爾（じねんほうに）」。あるがままを肯定し、人間があれこれ無駄な手段を講じるのではなく、人為を超えた阿弥陀仏の力にいっさいの救済を任せるという親鸞最晩年の思想です。

尊い月光に照らされ、みすぼらしさがあらわになった屑家。しかしこれが自分の生家で、自分が住むべき家である——一茶はそのことに心から満ち足りているのです。

一八〇八年（文化五年）十一月、ついに遺産相続交渉がまとまり、念願叶うことになりました。菩提寺（ぼだいじ）である明専寺（みょうせんじ）（元は明専院）の和尚が仲介役、一茶には実母の実家の宮沢家、仙六には、小林家の本家が後見に付いて父の遺言どおり、家屋、田畑、山林を折半することで和解が成立。文化十一年二月、一茶は柏原に帰住し、この生家に戻ります。

明専寺とその檀家である門徒衆が、二河国加茂郡月原から追放されて百八十年後、小林一茶は、柏原を安住の地とすることができました。

第七章　「おらが春」の世界

執筆の動機

這（は）へ笑（わら）へ二つになるぞけさからは　　一茶

季語は「今朝の春」（初春）で新年。

前年の一八一八年（文政元年）五月、妻・菊との間に、長女さとが生まれます。女の子ということもあってか、一茶の可愛がりようは格別でした。

「こぞの五月生（うま）れたる娘に一人前の雑煮膳（ざふにぜん）を居（す）ゑて」のまえがき。もちろん、数えで二歳になったばかりのさとが雑煮膳を食べられるわけはありませんが、めでたい新年に慶事を重ねて用意をしました。

門松を立てない小林家ですが（第一章参照）、娘のためなら雑煮を用意する、矛盾しているといえば矛盾しています。家族との日々はかけがえのないものであり、家族を大事にすることこそ、一茶にとっての「あるがまま」だったのでしょう。

蚤(のみ)の跡(あと)かぞへながらに添乳(そへぢ)哉(かな)

季語は「蚤」で夏。

蚤に喰われた跡を数えながら寄り添って授乳をしている様子です。この句の前文からも、一茶の子煩悩ぶりがうかがえます。

去年の夏、竹を植える習いの五月十三日頃、つらくかなしいことばかりのこの憂き世に娘が生まれた。生まれつきは愚かであっても聡くあって欲しいという思いから、「さと」と名付けた。

今年、誕生日を祝うころ、おなじ年頃の子どもが風車を持っているのを、さとがしきりに欲しがってむずがるので、手に取らせたところ、むしゃむしゃしゃぶって捨ててしまった。風車にはまったく執念がなかったらしく、すぐに他のものに興味が移って、そこらにある茶碗を打ち破りはじめたが、それにもすぐに倦(あき)て、障子の薄紙をめりめり毟(むし)りだした。それを（一茶が）「よくした、よくした」と褒めると、本当に褒められたと思い、きゃらきゃらと笑って、ひた耄りに耄る。

さとの心のうちには一点の塵もなく、名月のようにきらきらと清らかで、後に続く者のない俳優の演技のようで、見ているだけでほんとうに心の皺が伸びるようだ。

（中略）

このようにさとは一日中、手足をうごかさないということはなくて、遊び疲れるせいで、朝は日が闌けるまで眠る。そのときだけが母の菊にとって手が空くときで、その間に飯を炊き、そこらを掃きかたづけて、団扇をあおいで汗をさます。閨でさとが泣く声がするのを目覚めの合図とさだめ、手早くさとを抱き起して、うらの畠で尿をさせて、乳房をあてがえば、すわすわ吸いながら、むな板のあたりを手でたたいて、笑い顔をつくるので、菊は長い妊娠中の苦しみも、日々のお襁褓の世話が汚いのもまったく忘れて、この上ない宝物を得たように、さとを撫でさすって、とりわけ喜んでいる様子であった。（意訳）

小林家の幸福な光景。妻とともに娘を可愛がる——世間からみればなんでもない、ごくふつうの幸せですが、一茶にはそれでじゅうぶんでした。このときの一茶の視線は穏やかで優しさがあふれていて、さとの姿はとても生き生きと描かれています。不幸の多かった一茶の人生において、これほど明るく充実した時期は、ほかになかったのではないでしょうか。

じつは、一茶が『おらが春』の執筆を開始した動機には、長女さとの誕生があったと考えられています。『おらが春』は、一八一九年（文政二年）の年明けからその年の終わりまでのちょうど一年間を描いていますが、さとを詠んだ句がつぎつぎとでてきます。先に長男・千太郎を生後わずか一ヵ月で亡くしていた（一八一六年）こともあったのかもしれません。

しかし、さとは、疱瘡（天然痘）に罹り、この年の六月二十一日、あっけなく命を落としてしまいます。

当初はさとの成長を描くものだったのでしょうが、さとの死によって『おらが春』の主題は大きな変更を余儀なくされます。さとの死という受け容れがたい運命をどうやって受け容れて生きていくかというものに変わっていきます。

罪の自覚

『おらが春』は短い二十のエピソードで構成されています。そしてそのエピソードのほとんどが「嘘」「罪」「死」といった重たい命題をテーマにして描かれているのです。

たとえば、冒頭の一句「めでたさもちう位なりおらが春」のまえがきに登場する普甲寺の上人の話（第一章参照）。極楽往生したくて仕方がない上人は、「阿弥陀仏より年始の挨拶に来た使いを迎えて歓喜の涙を流す」という慶事を自作自演します。

そのつぎは、一茶の菩提寺である明専寺の住職の息子・鷹丸が川で溺れて死んでしまう話。住職夫妻が人目もはばからず大声で泣き叫ぶ様子を描いていて、人々にこの世の無常を説くはずの僧であっても、不幸がわが身のこととなってしまえば、耐えられないものだと記しています。

そのほか、一茶の門人である魚淵（なぶち）が紙で作った本物そっくりの黒牡丹と黄牡丹で全国から見物人を集めた話なども収められています。

浄土真宗では、罪の自覚を持つことが大切だとされています。罪の意識があるからこそ、人は阿弥陀仏にすがるのであり、日々、みずからを省察するのです。このありようはキリスト教に近いかもしれません。たしかに、民衆の中に飛び込んだ親鸞は、神の言は聖書によってのみ与えられ、救いは信仰のみによると訴えた「無教会主義」のキリスト者・内村鑑三（うちむらかんぞう）にも、どこか通じ合うものがあるかもしれません。

けふの日（ひ）も棒（ぼう）ふり虫よ翌（あす）も又（また）

季語は「孑孑（ぼうふら）」で夏。孑孑は蚊の幼虫で、その姿から「棒ふり虫」ともいい、ここでは「人生を棒に振る」意味と掛けています。
まえがきに「日々懈怠ニシテ寸陰ヲ惜シマズ」、日々怠惰に過ごし、寸暇を惜しむことはない、つまり無為に過ごしているとの自嘲です。
じっさい信濃での一茶の生活は、家事や田畑のこと、子育ては菊に任せて、自分は信濃の弟子たちのもとを巡る俳句漬けの日々でした。そんなことが夫婦げんかのタネになりますが、遊芸の徒の自分を省察しての一句。こんな文章を添えています。

さとは仏が守っていらっしゃるのであろう。逮夜（たいや）（忌日の前夜のこと）の夜の夕暮れに仏間に蠟燭（ろうそく）を照らし、輪（りん）を打ち鳴らせば、どこにいても必ず忙（せわ）しげに這（は）い寄ってきて、その小さな手を合わせて、「なんむ（南無）、なんむ」を唱える。その声のなんと殊勝であることだろう。

それにつけても、自分は頭は白髪で額は皺しわであるような齢なのに、阿弥陀仏に救いを求める術も知らず、うかうかと月日を費やすことこそ、二歳の子どもの前で恥ずかしいと思うのだが、その場を離れると、すぐ地獄に堕ちる原因をつくってしまい、膝に群がる蠅を憎み、膳をめぐる蚊をそしりながら、さらには仏の戒める酒を呑む始末である。（意訳）

さとの死を乗り越えられるか

露の世は露の世ながらさりながら

さとの死は突然でした。疱瘡、つまり天然痘ウイルスに感染、発症してしまったのです。江戸時代では乳幼児の死亡率が高かったことはすでに述べましたが、その大きな原因のひとつが疱瘡でした。掲句の前文には父としての悲痛な思いが記されています。

楽しみが極まったときには、愁(うれ)いごとが起こるのが世の習いであるが、笑い盛りの嬰児(みどりご)がまったく思いもかけず、疱瘡に罹(かか)ってしまい、水ぶくれを起こし、膿(うみ)が溜(た)まっていて、側(そば)で見るにも苦しげである。

これも二三日したところで、水疱が瘡蓋(かさぶた)になってほろほろ落ちたので、治るものと思い、祝い囃して、さん俵法師（さん俵は藁(わら)で作られた米俵(こめだわら)の端にあてる蓋(ふた)。これを病人の頭に当てる、北信濃で行われていた痘の神退散のおまじない）を作って、笹湯(ささゆ)（酒を混ぜた湯。酒湯とも。疱瘡が治った子どもに浴びさせた）を浴びせる真似をしてみたが、さとは益々(ますます)衰弱し、ついに六月二十一日の蕣(あさがお)の花とともに、この世を凋(しぼ)んでしまった。

菊は死に顔にすがってよよと泣くが、もっともなことである。（意訳）

一茶はさとの死を受け入れることができません。この広い宇宙からみれば、さとの死はこぼれ落ちた露の一雫のようなものだと頭でわかってはいても、それが受け入れられないのです。それを飾らず、ありのままに言葉にしたのがこの句です。あきらめ顔で悟ったふりをするのではなく、あきらめきれないじぶんを諾うことで、一茶はさとの死を乗り越えようとしています。

妻の菊はさとの死に顔にすがって泣き崩れても、「むべなるかな（もっともなことだ）」と一茶はそれを責めません。明専寺の住職でさえ我が子の死に際しては、ひと目もはばからず号泣したのだから。文章は続きます。

> この期に及んでは、行水のふたたび帰らず、散花の梢にもどらぬくひごとなどと、あきらめ顔しても、思ひ切りがたきは恩愛のきづな也けり。

> この期に及んでは、行く水が再び帰らない、散花は梢にもどらないなどと諦め顔をしてみても、さとへの思いを断ち切り難いのは親子の恩愛の絆ゆえである。（意訳）

断ち切り難い思い、それが「さりながら」から行間に滲み出ています。笑うべきときは大いに笑い、嘆くべきときには大いに嘆く。そして諦めきれないときは自分の煩悩を諾う――「この世はしょせん露の世だ」と悟り切ったふりをして、悲しみに折り合いをつけて生きていくようなことは、なんの救いにも慰めにもならないことを一茶は知っていました。

秋風(あきかぜ)やむしりたがりし赤い花

さと亡き秋に詠んだ句。季語は「秋風」。生前さとが毟りたがっていた赤い花。花は咲いているのに、さとはいない。あたりには蕭条と秋の風が吹くばかりです。

ともかくもあなた任せのとしの暮

先に詳しく触れた『おらが春』を締めくくる一句。
この世を生きていくのは苦しい。愛しいさとも失ってしまった。しかしながら（さりながら）、ともかくも、一切を阿弥陀仏にお任せして、あるがままに生きよう——と、一茶の声が聞こえて来るようです。

菊のこと

さとを生んだ妻・菊との暮らしぶりについても触れておきましょう。

五十二歳の一茶と二十八歳の菊。結婚当初、娘ほどに歳が離れた妻に対して、一茶はうまく接することができなかったようにみえます。愛されたことがない一茶からすれば、菊のことをどう愛したらよいかわからなかったのではないでしょうか。

一茶はひんぱんに家を空けました。信州各地にいる弟子たちのもとを巡回指導するのが、このころの一茶のおもな仕事だったのです。しかも、いちど家を空けると長らく帰ってきませんでした。弟子のもとに何泊もして句会をするのです。

驚くべきことに一茶は新婚早々、旅に出てしまいます。新妻をほったらかしにして、半年ほど帰ってこなかったのです。

ざっと足取りをたどると、一八一四年（文化十一年）、四月十一日に結婚、二ヵ月ほどは近隣へのあいさつ回り、七月十七日に菊の実家に泊まってから、ひとりで江戸へ旅立ち、房総の弟子たちのもとをめぐるなどし、帰ってくるのはなんと翌年一月十二日。

若い菊に、照れや気まずさ、居心地の悪さがあって、それで一茶は逃げるように家を離れたとみるのは勘ぐりすぎでしょうか。しかも帰ってきて早々に一茶は傷寒（腸チフス）に罹って臥せってしまいます。この時期、菊のほうも頻繁に実家に帰っています。はたからみても心配になるような新婚生活です。

夫婦喧嘩

万事、一茶はこのような調子でした。たとえば第一子・千太郎が産まれたときも一茶は長沼（現・長野市穂保）の弟子のもとに滞在していたため、出産に立ち会っていません。しかも知らせを受けた一茶が戻ってくるのは二週間後のことです。

一茶にとっては、なによりも俳諧が大事という考えだったのでしょうが、かれの行動は家庭をかえりみず気ままに生きていたようにみえてしまいます。今とは時代が違うといえば、それまでですが、田畑仕事もせず、ほっつき歩いているわけですから、当時の感覚でもろくな夫ではなかったでしょう。

菊は芯が強いしっかり者で、留守がちの一茶に替わって田畑仕事をしたり、義母の世話をしたりするなど、家をよく守りました。菊からすれば、一茶が家を空けていてくれるほうが、よほど気が楽だったかもしれません。家にいてもあだこうだと口出ししかしないからです。

いっぽう一茶にいわせれば、菊は片意地を張る強情者だというのです。ふたりはよく喧嘩をしています。

夫婦の喧嘩をみかねた菊の兄がわざわざ一茶宅にやってきて仲裁のために一泊するようなことがありました。一八一三年（文化十年）八月一日のことです。

兄のおかげでいったん喧嘩は収まりますが、翌日、菊の姿が見えなくなります。呼んでも返事がありません。近所を捜しても見当たりません。慌てた一茶は隣村まで捜しに出るのですが、それでも見つかりません。頭を抱えて家に帰ると、なにごともなかったかのように菊がいました。家の陰で洗濯していたというのです。一茶が怒ってまた喧嘩になったであろうことは想像に難くありません。

その翌日、一茶が庭で大事に育てていた木瓜（ぼけ）があったのですが、それを菊が怒りにまかせて引き抜いてしまいます。夫婦喧嘩の腹いせです。ただし、菊はすぐに後悔したらしく、植え直したところ、さいわい、木瓜はまたもとのように根付いたといいます。一茶はそれにたいへん驚き、不思議がりました。日記に「此木再根ツカバ不思議タルベシ」と記しています。

後日、菊と一緒に月見に出かけています。菊の機嫌を取って、夫婦仲直りをしようという一茶の気づかいとおもわれます。木瓜がふたたび根付いたように、夫婦もまたやり直せるというおもいだったのではないでしょうか。

ただ、その留守中、何者かに大事な木瓜を盗まれてしまいます。どこか二人の将来を暗示するかのようなできごとです。

喧嘩するほど仲がいいといいますが、一茶と菊は喧嘩をしながらも、そうやってぶつかることで、おたがいのことを少しずつ理解していったのではないでしょうか。

菊への手紙

一茶にとって菊との日々は、愛情の欠落を取り戻していくうえで重要な時間だったのではないでしょうか。こうして菊と喧嘩をしては仲直りをするということをくりかえすなかで、一茶は失われていたものを回復していったようにみえます。

子どもを授かったことも一茶にとって、大きなことでした。不幸なことにいずれも早世してしまいますが、三男一女をもうけています。とくに娘さとは一茶にとって特別な存在でした。

そうした菊との日々のなかで、一茶もすこしずつ変化していきます。

菊がつわりに苦しめば、はるばる善光寺まで薬を買いに出たり、安産祈願に大日如来に何度もお参りをしたり、甲斐甲斐しさをみせるようになります。
留守中、旅先から菊に手紙を送ることもありました。たとえば、一八一七年（文化十四年）三月、一茶は江戸から菊に手紙を送っています。旅中、皮癬（疥癬。ダニによる皮膚病）を病んでしまい、足が腫れ、歩くこともできないほどになり、帰宅することができずにいたときのこと。

（前略）長ながの留主、さぞさぞ退屈ならんと察し候へども、病には勝れず候。其方にはうす着になりて風（注・風邪）でも引かぬやうに心がけ、何はたらかずともよろしく候間、十四日・十七日の茶日ばかり忘れぬやうに頼み入り候。（中略）自由自在に馳せ歩かんと思ひけるに、ひぜんに引きとどめられたる一茶が心、御推察可被下候。

長々の留守、さぞさぞ退屈のことだろうと察しますが、病には勝てません。あなた（菊）は薄着になって風邪など引かないように気をつけ、あれこれ働かなくてもいいので、八月十四日の祖母の命日と十七日の実母の命日だけは忘れないように頼みます。自由自在に馳せ歩こうと思っているのに、皮癬のために足留めされている一茶の心を推察してください。（意訳）

以上が手紙の内容ですが、一茶がいかに菊のことを気遣っていたかがわかります。喧嘩し、ときに罵ることもありますが、一茶は菊のことを愛するようになっていました。

我菊（わがきく）やなりにもふりにもかまわずに

なりふりかまわず、ひたむきに働く菊のすがたを詠んだ句です。言外に菊への感謝が深く滲んでいます。そのいっぽうで、

我菊や向きたい方へつんむいて

とも詠んでいますが、これも愛情の裏返しでしょう。一茶のいうことなど、まったく

聞かない菊のことを愛情をもって、からかっているのです。

一茶は、意地っ張りで、ひとのいうことを聞かないような菊の性格を、むしろ菊の良さとして、ありのまま、あるがままを愛するようになったのだと筆者は見ています。そんな菊に先立たれてしまうことはすでに述べました。およそ九年間の結婚生活でした。

もともとの一人前ぞ雑煮膳

一茶にとって菊との九年間は人生で失われていたものを一気に取り戻すような濃密な時間でした。それらがすべてまぼろしであったかのように、いまはひとりぽつりと取り残されているのです。菊を失ってからの一茶は亡くなるまで孤独でした。

第八章　お金に縛られない生き方

十五歳で、江戸に奉公に出た一茶ですが、どうやらはじめのうちは、うまくいかなかったようです。

大都市・江戸

そもそも江戸に奉公に出るということは、今の若い人たちが進学や就職で上京することとはまったく意味あいがちがいます。

現代では夢や希望をもって東京へやって来る場合がほとんどではないでしょうか。住みたい家を探し、好きな家具を揃え、あらたな出会いがあり、きらびやかな都会での一人暮らしに胸が躍る。そういったものだと思います。

一茶の時代の奉公人には自由はありませんでした。

ひとたび奉公に出た者は、もう元の家の者ではなくなります。奉公先の家の者になるのです。奉公先に恵まれればよいですが、たいていの場合、下僕（げぼく）のような扱いだったと思われます。

奉公人には「位」がありました。低い順から丁稚、手代、番頭です。

奉公人はまず見習いの丁稚として商家に入ります。丁稚は住み込みで働きます。無給ですが、衣食住は保障されました。たいていは十歳前後の子どもでしたので、この段階で辞めてしまうことも少なくありませんでした。

うまく仕事が続けば、十七、八歳で元服して手代に昇進します。酒・煙草を嗜(たしな)むことを許され、羽織を着ることができるようになります。とはいえ、手代になっても薄給であり、変わらず住み込みのままであり、一家を構えることはできません。

手代のなかで優れた者だけが番頭に昇進できます。奉公人のなかでもっとも位が高いのが番頭です。番頭は雇い人の頭(かしら)として、店を取り仕切ります。番頭になってやっと一人前の商人といえます。番頭になれば、ようやく自分の家を借りることが許され、結婚することもできます。

しかし、番頭まで出世できるのはかぎられた者だけでした。ましてやそこから商人として暖簾(のれん)分(わ)け（独立）が叶うかといえば、そうした可能性はかぎりなく少なかったようです。商才のある一部の人をのぞいて、ほとんどが手代で終わりました。手代では結婚もできません。そのうえ江戸は男性比率が高く、結婚できずに生涯を終える者はかなりの数にのぼったと考えられます。一茶の結婚が遅れた理由のひとつには、こうした江戸で働くことのむずかしさ、きびしい社会事情が背景にありました。

一茶の奉公先がどこであったかは、よくわかっていません。おそらくさまざまなところを転々としたのではないでしょうか。しばらくは無宿人（戸籍を外れた人）のような状態になっていたと思われます。当時の江戸は無宿人で溢れていました。

後年、一茶は当時のことをつぎのようにふりかえっています。


住み馴れし伏家を掃き出されしは、十四（筆者注：正確には十五歳）の年にこそありしが、巣なし鳥のかなしみはただちに塒（ねぐら）に迷ひ、そこの軒下に露をしのぎ、かしこの家陰に霜をふせぎ、あるはおぼつかなき山にまよひ、声をかぎりに呼子鳥、答へる松風さへもの淋しく、木の葉を敷寝（しきね）に夢をむすび、又あやしの浜辺にくれは鳥、人も渚の汐風にからき命を拾ひつつ、くるしき月日おくるうちに、ふと諧々（かいかい）たる夷（ひな）ぶりの俳諧を囀（さえず）りおぼゆ。


みずからを「巣なし鳥」といっていますが、これは家がないことをあらわしています。

また、あちこちさまよい歩き、野宿をしていたといっています。

格差社会

江戸という都市は、大尽とよばれる巨万の富をもつ者から、一茶のような地方から出てきた貧しい奉公人まで、さまざまな階層の人間で構成されていました。最下層の暮らしから出発した一茶は、その後、遺産相続で揉めるなど、終生お金のことで悩まされました。

「金は天下の回りもの」

誰もがよく知っている言葉だと思います。けっして上品とはいえない慣用句ですが、江戸の後期に生まれたものだといわれています。お金をどんどん使うことで、めぐりめぐって、またじぶんにお金が入ってくるということです。江戸の庶民は市場経済の原理を肌感覚で理解していました。

一茶の時代には現代の市場経済の雛型はすでに出来上がっていたとされます。そしてそれは拝金主義、経済至上主義を生みました。一茶は金が金を生む世であると皮肉をこめて詠んでいます。

日の本や金も子をうむ御代の春　一茶

一茶が生きた文化文政という時代は貨幣経済の爛熟期でした。統一国家として貨幣の統一（金銀銅の三貨制）を図ったのは日本では江戸幕府が初めてで、江戸後期にあたる文化文政のころには庶民にいたるまで貨幣経済が浸透していたからです。

貨幣経済の浸透は、文化や娯楽を享受する大衆に「文芸的公共性」を生み、近代化に欠かせない条件です。しかし、一茶が皮肉っているように、それは国つまり幕政や藩政のみならず、人びとの心まで変えてしまいました。

そこには〝腐敗将軍〟と揶揄される徳川家斉の治世も関係しています。家斉は幕府の財政が傾いていたにもかかわらず、享楽的な生活に溺れ、遊興にお金をバラまくような放漫な経済政策を取ったため、裕福な商家はもちろん武家や庶民の風紀も乱れ、万事お金がものをいう世相が現出しました。将軍から庶民までお金に心を囚われてしまっていたのです。「日の本や」の句はそうした世相への痛烈な皮肉なのです。

こうしたことが後の明治維新（幕政の破綻）につながったことはあらためていうまで

もありません。じっさいのところ、歴史を顧みても古代ローマ帝国や元王朝といった強大な国家が衰退した原因のひとつは貨幣の価値（信用）の下落であったといわれます。江戸幕府の衰退も財政難をうわべだけで乗りきろうと、苦しまぎれに貨幣の改鋳を乱発したことが原因のひとつとなったのです。

この時代、金がある人たちはとことん派手に金を使いました。バブル景気に乗った商人たちが羽振りよく遊び、天下に金を回しました。

「十八大通（じゅうはちだいつう）」とよばれる飛び抜けて遊び好きな大金持ちが、吉原遊廓で莫大な金を使って豪遊するなどして、自由を謳歌し、世間の注目を集めました。

そのいっぽうで、この時代は著しい格差社会となっていました。すでにふれましたが、これは庶民が、なんども財政改革に失敗した幕府の尻拭いをさせられた結果生じたものといわれています。

奉公人や小作人のように、ひたすら労働力として搾取される人びと、さらには職も失い、家もなく、無宿人になってしまう人びとが多く存在しました。江戸に住んでいたころの一茶は、そうした立場の人びとの近くにいました。

〝腐敗将軍〟の治世は、ネオリベ（所得格差を肯定する新自由主義者）が跋扈（ばっこ）する今の日本が重なるようですが、金は人びとに自由をもたらし、同時にあらたな苦悩の種を植えつけました。こうした世のなかで自由を得るには、金をたくさんもっていなくてはいけないのです。

金がものをいう世の中

一茶はお金を詠みました。つまりお金を文学の題材にしたのです。大都市・江戸の生活者であった一茶にとって、お金はとても身近なものだったからです。そしてもっとも頭を悩ませたのもお金のことでした。

三文（さんもん）が草（くさ）も咲かせて夕涼（ゆふすず）み
なでしこに二文（にもん）が水を浴びせけり

一句目、買ってきた花を咲かせて夕涼みを楽しんでいるというのですが、花苗を買うのに三文かかったことにわざわざ言及しています。当時の一文はおおよそ三十五円。三文で百五円。庶民の一茶には痛い出費だったでしょう。だからこそ花が咲いたときの喜びも格別なのです。

二句目はなでしこの花を育てるために水遣りをしているのですが、その水が二文するというのです。江戸では水は貴重で、水売りから水を買ったりしていました。

これらの句から花を植えて育てるにもお金がかかったことがわかります。見方を変えれば、それは庶民の間にも園芸が趣味として広がっていたということでもあります。

園芸を楽しむ人たちがあらわれれば、その人たちのために花を作ることを生業にする人たちがでてきます。たとえば朝顔や花菖蒲(はなしょうぶ)などは江戸の人々の間でたいへん流行したため、品種改良をした新しい花がつぎつぎにつくられました。

朝顔(あさがほ)も銭(ぜに)だけひらくうき世(よ)哉(かな)

庶民には朝顔が人気で、文化文政のころには「変化朝顔(へんかあさがお)」といわれる変わり種が大流行していました。これもそうした朝顔なのでしょうか。朝顔もお金を払った分だけきれいに咲き開く世知辛(せちがら)い世の中だと嘆息しています。

そしてその花や苗を売り歩くことを生業にする人たちもでてきます。

花売の花におく也露の玉

朝霜やしかも子どものお花売

解説は不要でしょう。いずれも花売りのあわれを俳句にしています。先のお金がかかることをぼやいた句とこれらの花売りをあわれんだ句、一見、かけはなれた印象ですが、じつは同じ根っこから生じた俳句です。一茶は近代的な経済社会のなかで生まれる格差や歪みを敏感にとらえて詠んでいるのです。

三文が霞見にけり遠眼鏡

季語は「霞」で春。一茶がまだ二十代のころに湯島で詠んだ句です。湯島（文京区湯島）は当時、見晴らしのいい高台でしたが、そのいちばん高いところに湯島天神があります。そこで三文払って望遠鏡を覗いて江戸の市中を見渡そうとしたのですが、霞がかかっていて何も見えなかった。お金を払ったのに、「三文の霞」を見たと苦笑しています。

当時、湯島天神は一大テーマパークのようなところでした。境内には茶屋、料理屋、的屋などが立ち並び、祭礼の日には芝居もかかります。また、千両富（せんりょうとみ）という社前で売られる宝くじが大流行しており、多くの人で賑わっていたのです。

現在でも観光地では、有料の望遠鏡が置いてあったり、双眼鏡を貸し出したりしてくれますが、この句の遠眼鏡はそれと同じです。一茶の時代にあっては、一般的な江戸の庶民もこうした娯楽にお金を使うことが、当たり前になっていました。

むろん趣味や娯楽だけではありません。ふつうに暮らしていくにも当然ながらお金が必要でした。

町並（まちなみ）や雪（ゆき）とかすにも銭（ぜに）がいる

一茶の故郷・信州柏原は雪国です。除雪するにもお金がかかるというのです。
一茶の生きた江戸後期は、すでに生きていくにはとにかくお金がかかる時代でした。

裏を返せばお金でなんでも済ませられる。一茶の時代の庶民の消費生活のありようはじつに今日的なものだったのです。

金子紛失事件

一茶は、金がらみの、思いもよらぬ事件に巻き込まれてしまうことがありました。

江戸に夏目成美（一七四九〜一八一七年）という俳人がいました。一茶にとっては親しい友人でもあり、句の批評や添削もしてくれる兄貴分のような存在です。一茶が四十歳のころから付きあいがはじまり、関係は成美が亡くなるまで続きました。

本業は代々の札差で、お金持ちでした。札差は米を銭に替える両替商です。金融業も兼ねていました。江戸時代は米本位制を取っており、武士への俸禄は米で支払われました。生活するためには金が必要ですから、すべての武士が換金のために札差を利用しました。そのため、莫大な利益を安定的に上げることができました。一茶が知り合ったのは棄捐令（徳政令、武士への借金の棒引き命令）が出たあとだったので、それほど羽振りがよかったわけではありませんが、それでもなお富商と言っていい暮らし向きです。

札差のなかには、豪奢に遊蕩をして「十八大通」に名を連ねる者もいましたが、成美は紅灯(こうとう)の巷ではなく、俳諧の風雅に遊びました。俳諧の腕前は当代一流です。

重箱(じゅうばこ)に鯛(たい)おしまげて花見(はなみ)かな　成美

重箱からはみ出すような立派な尾頭付きの鯛です。札差ならではの句ではないでしょうか。こうした句は貧しい一茶には詠めません。

一茶は足繁く成美が主催する句会に参加しました。一茶のように成美を慕う者は多く、成美邸はつねにたくさんの食客を抱えていました。一茶もまたそのような立場の一人です。おのずから人の出入りが多い屋敷でした。

一八一〇年（文化七年）十一月三日、一茶四十七歳のとき、いつものように成美邸で句会をしていたところ、事件が起こります。金子（江戸の通貨は金なので小判なのでしょう）が紛失してしまったのです。

ただちに屋敷への出入りは禁止され、一茶も前日から泊まり込んでいましたので、犯人の可能性を疑われ、禁足されてしまいます。七日まで成美邸に軟禁状態になりますが、結局、金子は見つからず、八日になって解放されました。

この事件によって、成美と一茶の関係が壊れることはありませんでしたが、俗世を捨てた風雅の交わりにおいても、容赦なく金の問題が入り込んでくること、そしてあろうことか、容疑者の一人として扱われたことを一茶はどのような思いで受け止めたでしょうか。十七日にはかわらずに句会に出席、十二月には成美邸の煤払いを手伝っていますが、内心は深く傷ついていたにちがいありません。

同じころ一茶は鈴木道彦（一七五七〜一八一九年）という俳人のもとにも出入りしていました。一派をもたず、清廉な人柄であった成美とちがって、道彦はひと癖もふた癖もある野心家でした。道彦は自身の一派を俳壇で最大勢力となるまでに築き上げましたが、残念ながらその作品はみるべきものを残していません。つまるところは、俳諧を食い物にしただけの人物だったのでしょう。

一茶は、あることがきっかけで、道彦が俗物であることに気づき、あからさまに距離を取るようになります。詳細はわかりませんが、一茶が力を入れて編纂していた『あとまつり』という俳書の刊行に関して、その功を横取り、あるいは妨害しようとする動きを道彦がみせたことが、きっかけになったようです。

一茶の信州帰住後、道彦が柏原まで訪ねてきたことがありましたが、一茶は居留守を使って会いませんでした。ふたりが会うことは二度とありませんでした。

お金の本質を見抜いていた一茶

お金は魔物です。これほどまでに人間を惹きつけ、執着させ、ときに運命を大きく狂わせるものがほかにあるでしょうか。明治の文豪・尾崎紅葉の『金色夜叉（こんじきやしゃ）』ではありませんが、文学の材料にうってつけかもしれません。

金が万能な世のなかにあっては、人びとは欲しいものを金で買い、金によって人びとははじめて自由を得ます。裏を返せば、そうした世のなかで、自由を享受できるのは、金がある人だけです。

老が身の値ぶみをさるるけさの春

貧しい年寄りには何の価値もないとばかり、老いた我が身を値踏みされるような世の中だというのです。貨幣経済の爛熟は拝金主義を生みました。ついには庶民までが人間を値踏みするようになり、お金という魔物に憑かれた時代です。

後世、一茶は、金のことにうるさい、欲深い人間だ、だからお金の俳句を詠んだのだと評される時期がありました。ゆえに芭蕉や蕪村には劣るというのです。

はたして、そうなのでしょうか。「日の本や」や「老が身の」といった句をみるかぎり、そうではなく、一茶はお金の本質を見抜いていたように筆者には思えます。むしろ芭蕉や蕪村が俳句にできなかった題材を詠む力が一茶にはあったとみてもいいのではないでしょうか。

一茶はお金を詠みました。それは、継母に生家を追い出されて十五歳から天涯孤独の身となった境涯からお金が魔物であることを骨身にしみてわかっていたからなのです。その証左に、『文化三年句日記写』のなかにつぎのような文章があります。

下総国布川の郷、来見寺のかたはら田中の塚に、菰(こも)四五枚引張(ひきはり)て、酒しぼる叟(おきな)有(あり)。味噌(みそ)するわらは有。あやしと木がくれてうかがひ侍(はべ)るに、初孫まうけしなど笑ふ声して、いとゆうに志もやさしげなる青女(あををんな)の、麻といふもの髢(かもじ)にまき添へ、花なでしこの雨をおびたるさま少し打しをれて、なやめる容(かたち)の白地(あからさま)に見ゆ。かかるいぶせき藪原にあるべき体(てい)とはおぼえず。まさしく百鬼のふしぎをなすか。狐狸(こり)の人の目くらますかと、ある里人に問へば、是は此辺りの門に立て、一文半銭の憐みをうけて、世をすごす古乞食となん。誠に其楽しむ所、王公といふとも此外やはあるべき。財たくはへねば、ぬす人のうれひなく、家作らねば、火災のおそれもなし。幸にして心をやしなふことは、なかなか禄ある人にも過ぎたりといふべし。綾羅錦繡のうつくしきも、彼等が目には、雀蚊虻の前を過るとや見ん。

一茶が下総国布川に行ったときのことである。

来見寺という寺のかたわらに田中の塚というものがあった。おそらく墓場であろう。そこに菰を四、五枚敷いて酒を搾っている老人と味噌を擂っている子どもがいた。怪しんで木の陰からその様子をうかがっていると、「初孫をもうけた」などと幸せに笑う声が聞こえてくる。

よくみれば質素な麻の髢をつけた若い女性がいたが、そのおもむきは、なでしこの花が雨に打たれて少ししおれているかのような可憐なもので、およそこのような場所に居るべき人ではないかのようだ。狐狸に化かされたかと思い、里人に聞いたところ、かれらはこのあたりに古くから居る乞食たちで、ごくわずかな銭の憐れみを受けて生活しているのだという。
しかしながら、一茶にはかれらの貧を楽しむ様子というのは、たいへん幸せそうで、王公といえども及ばないように思えた。かれらはお金や財産を蓄えているわけではないので、盗まれる憂いがない。家を建てていないので火災の恐れもない。幸せに心を養うことは、俸禄を受けて暮らしている人でもなかなかあることではない。きらびやかな衣服もかれらの目には雀や蚊虻が過ぎていくように見えるだろう。（意訳）

一茶はお金に執着するよりも貧を楽しむ生き方をよしとしていました。金がものをいう世の中にあって、物質的な豊かさよりも心の豊かさが大事だといっているのです。

貧を楽しむ

俳句でも、一茶はわれわれにこう訴えかけます。

梅が香やどなたが来ても欠茶碗
おらが世やそこらの草も餅になる

草の戸やどの穴からも春の来る

いずれも貧を楽しんでいる句です。一茶にはこのような社会の底辺からの視点で詠んだものがたくさんあります。ちなみに「日の本や金も子をうむ御代の春」には対で記されている句があります。

神国や草も元日きつと咲

草とは一茶と同じように貧しくもたくましく生きる人たちを暗喩したもの。「日の本や」の皮肉に対し、こちらはお金がものをいう世の中にあって、貧しく生きる人びとの背中をやさしく押すような励ましの一句です。

皮肉と慈愛。拝金主義の経済社会のなかで生まれていた格差や歪みが、背中合わせのように対になった二句を一茶に吐かせたのだと思います。

明治になって、正岡子規が一茶を「主として滑稽、諷刺、慈愛の三点にあり」と評して以来、「慈愛」ということは一茶の大きな特徴とされています。たとえば、この人口に膾炙した一句。

痩蛙まけるな一茶是に有

一八一六年（文化十三年）、五十四歳のとき、竹ノ塚（足立区）の炎天寺で蛙合戦を見物したときの句です。蛙合戦とは繁殖期の蛙が大勢で争うように交尾をする様子を合戦に見立て、それを眺めて楽しむものでした。

「負けるな」。挫けそうになっている者を励ます――社会的弱者を応援する気持ちを託し句の中に自分の名前を詠み込んでいます。一茶自身もまた痩せ蛙であり、弱い者が弱い者を応援する句だということを、われわれ読者は知っています。

老いて背負わない

一茶は柏原に帰住した時点で、人生上のたくさんの荷物を処分したようにみえます。そのうちのひとつは中央俳壇での名声です。もしそれにしがみついていたとすれば、わざわざ江戸から柏原まで一茶を訪ねに来た鈴木道彦に居留守を使うようなことはできないですし、そもそも信州帰住もむずかしかったでしょう。

信州帰住にあたって、俳人である以前に、一人の人間として、人間らしく生きることを一茶は選んだのではないでしょうか。江戸ではさんざん傷ついてきたのです。

帰住後、一茶が日々接したのは、一茶を慕う信州の名もなき俳人たちです。その数も多くはありませんが、道彦のように自派の拡大に汲々とすることもなく、かれらと純粋に俳諧を楽しみました。

風(かぜ)折(おれ)の枯(か)れ恥(はじ)かくな老(おい)の松(まつ)

老いてまで名利を求めて、その結果、枯れ恥をかくようなみっともないことにはなりたくない、一茶にはそういった思いがあったのではないでしょうか。

かといって、俳諧への情熱は衰えたかといえば、そういうわけではありませんでした。中央俳壇からは離れ、名利のためではなく、純粋に自身の楽しみのため、そして自分を慕ってくれる郷土の弟子たちのために全力を注ぎました。一茶は最後まで、駕籠に乗って弟子たちのもとをめぐっています。

おもしろいことに、中央を離れたのちも一茶の評価は上がりつづけ、文政六年に江戸で発行された「諸国流行俳諧行脚評定　為　御覧俳諧大角力」という俳諧番付に別格最上位の行事役で掲載されています。

一茶の生き方をみていると、老いてまで背負わないということが大事なように思えます。一茶は老いるほどに純粋になっていくことができましたが、それはよけいな名利を背負うことをやめたからではないでしょうか。

一茶はお金を捨てて、お金に縛られないほんとうの自由を手に入れたのかもしれません。

第九章　一茶の「おくのほそ道」

幻の「奥羽紀行」

一茶にとって、はじめての旅は十五歳の春のことでした。それは故郷・柏原を追い出され、江戸へ向かうものでしたが、その後、青年俳人となってふたつの大きな旅をしています。

ひとつは、みちのく（東北地方）への旅であり、ふたつめは西国（西日本）をめぐる旅です。このふたつの旅は、当時、葛飾派という一派に所属していた一茶が俳人として一人前になるための修行の旅でした。

一七八九年（寛政元年）、二十七歳のとき、一茶は芭蕉の「おくのほそ道」の足跡をたどる旅に出ます。

当時の俳人にとって「おくのほそ道」を旅することは、通過儀礼のようなものでした。芭蕉を敬してやまない与謝蕪村も、みちのく巡礼の旅に出ています。旅そのものが、それ以上の特別な意味を持つものではなかったので一茶研究でも重きをおかれていませんが、この旅が注目されてこなかったのにはもうひとつ理由があります。

『葛飾蕉門分脈系図』（嘉永年間に成稿）によれば、一茶はこの旅の記録として「奥羽紀行」というものを書いていたらしいのですが、残念ながら現存していません。つまり旅の詳細は謎なのです。

しかし、当時の日本の状況をあわせて想像してみると、この旅は一茶にたいへん多くのものをもたらしたのではないかと思われます。

一茶が巡ったみちのくは、「天明の大飢饉」（一七八二〜八八年）の被害から復興しようとしていた時期だったのです。

みちのくでは一七八二年から冷害による凶作がつづいていましたが、翌一七八三年（天明三年）七月八日、浅間山が大噴火を起こしました。これがさらなる大惨事の引き金となります。

飢饉の爪痕

一茶と同じころに、東北地方を旅した人物がいます。

経済学者（経世家）の本多利明（一七四三〜一八二一年）です。今日では知る人は少ないかもしれませんが、関孝和の算術を学び、千葉歳胤に天文学と暦学を師事し、理系の知識を基礎にした近代的な経済思想をもった先覚者です。いちはやく「開国論」を唱えた人でもありました。

この本多利明の『西域物語』に飢饉の被害の様子が記されています。これによって、一茶が旅した「みちのく」がどのようなものであったかを窺い知ることができるのです。

一七八六年（天明六年）秋、本多利明はみちのくを訪れました。会津領のとある村で宿を求めたところ、この村では飢饉による餓死のため住人が死に絶え、その空いた家々に他領から同じように飢えて流れてきた人びとが住み着いたのだといいます。しかもその人びとは当初ひどく疲れ果てており、男女の見分けもつかなかったといい、また、道中、街道の脇には白骨がおびただしく放置されたままの状態でした。

そのほか南部領（盛岡藩）など、とくに飢饉がひどかった地域では、牛馬や犬猫はもちろん、藁や壁土、筵（むしろ）、果てには亡くなった人の肉まで食べざるをえなかったというのです。

一茶もまた旅において、こうした話を聞いただろうし、実際に飢饉の傷跡を目のあたりにすることがあったでしょう。

浅間山噴火の聞き書きを残した一茶ですから（第一章参照）、みちのくの惨状を書き留めなかったはずがありません。もし、幻の「奥羽紀行」が発見されれば、そうしたことも明らかになると思われます。いずれにせよ、この旅は若い一茶にとって、深く心に刻まれるようなものであったことは想像に難くありません。

松島は笑うが如く、象潟はうらむが如し

さて、一茶のみちのくでの足跡で、たしかなことがわかっているのは、つぎのふたつのことだけです。

ひとつは陸奥国盛岡（岩手県盛岡市）において、当地の俳人・小野素郷のもとを訪れたこと。もうひとつは秋田藩象潟（現・秋田県にかほ市）を訪れたことです。

盛岡の素郷は全国的に知られる有力俳人であるとともに盛岡でも指折りの豪商でした。そのため、各地から多くの俳人たちがかれのもとへやってきました。素郷に会うことを目的とする者もあれば、一宿一飯を当てにしてやって来る放浪者もいました。

あまりに多くの俳人がやってくるせいなのでしょう、素郷は『諸国誹士文通名録　望春亭会下名録』という来客者記録を作っていて現存しています。そのなかの寛政元年（一七八九年）の項に「菊明　東武漆立花町　今日庵安岱執筆」とあります。

一茶は当時、菊明と名乗っており、安袋（のち元夢）は葛飾派の師匠です。執筆とは、住み込みで師匠の身の回りの世話をする弟子のことをいいます。寄る辺のない一茶にとって、安袋のもとで学べたことは天恵だったでしょう。無名の一茶が素郷を頼ることができたのも、この師の紹介があってのことです。

象潟を訪ねたのは、一七八九年年八月九日、十日のことでした。象潟はその名のとおり「潟湖」であり、岩礁にせき止められたことによってできた浅い内海にいくつもの小島が浮かび美しい景観をなしていました。松島と並び古来から歌枕となっている景勝地です。もちろん、芭蕉もここを訪ねていて「松島は笑ふが如く、象潟はうらむが如し。寂しさに悲しみをくはえて、地勢魂をなやますに似たり」（松島は笑うようだが、象潟はどこか憂いがある。寂しさに悲しきを加えて、象潟の表情は、魂を悩ませるような気配がある）とのまえがきに続けて、

象潟や雨に西施がねぶの花　　芭蕉

雨に濡れる合歓の花に、中国の「傾城の美女」の一人で、憂いを湛えた表情が美しか

った「西施」を重ねて象潟の情景を詠んでいます。

一茶は、象潟の名主であった金又左衛門宅に宿泊しました。ここもまた文人墨客が多く訪れるところで、『旅客集』という来客者記録が残っています。一茶もそれに揮毫していて、つぎの句文を残しました。

日も西海にかたぶきぬころ、旅宿をもとめて、先は一見せばやと小舟にさほさして、はるか湖中に浮みぬれば、昏れいそぐ里人、我家へ帰る有さま、目のあたりなりけらし。

象潟や嶋がくれ行く刈穂船

寛政元酉八月九日　右東都菊明

同十日、曙を見奉らんと、かの西行桜の下に望めば、朝凪しづかにして羽二重を晒せるがごとし。藻に住む虫の夜を惜しみて、水底に声立る風姿淋しみ、爰に止りたれば、

象潟や朝日（あさひ）ながらの秋のくれ

その日の旅宿をさがしがてら、まずは象潟を一目見なくてはと小舟に棹をさして湖に浮かんでいたところ、夕暮れのなか、刈りとった稲穂を舟に積んだ村人が帰宅を急ぐすがたをまのあたりにした。

あくる十日、日の出を見ようとかつて西行が「象潟の桜はなみに埋もれて花の上こぐあまの釣船」と詠んだという桜のもとにたたずむと、内海は朝凪がしずかで、羽二重（はぶたえ）（光沢のある繊細な絹織物）を晒したかのようである。藻にかくれすむ虫の声が過ぎ去った夜を惜しんで水底から声を立てている。これぞ淋しみの極みである。（意訳）

一句目は、抑えのきいた叙景句です。二句目は、日の出のころであるにもかかわらず、さながら日暮れのようであるといっています。象潟の情景を、芭蕉が「寂しさに悲しみをくはえて」と表したものを、一茶は「淋しみ」という言葉に置き換えました。象潟には陰があるというのが、和歌以来の本意になっているので、それに倣ったものでしょうが、飢餓の爪痕も生々しいみちのくを旅してきた一茶が「淋しみ」に込めた思いは、たんに象潟の風景のことだけをいっているわけではないのではないでしょうか。「淋しさ」ではなく「淋しみ」。「重さ」と「重み」、「軽さ」と「軽み」との違いと同じで、「淋しみ」は、一茶の心身が受け止めている「淋しさ」です。

一茶のみちのくの旅の足跡として、唯一残っている俳句が、「淋しみ」という寂寞を湛えたものであったことは、この旅が天明の大飢饉の跡を巡ったものであることを思い合わせると、運命的な必然のように思えてきます。

残念なことに、象潟は、一茶の旅の十五年後、一八〇四年（文化元年）の象潟地震によって海底の隆起がおこり、内海はすべて陸地になってしまい、現在ではこの景色を見ることはできません。

慈愛の根源

一茶のみちのくの旅でわかっていることは、盛岡と象潟の以上のことだけです。おそらく芭蕉の「おくのほそ道」同様、旅程は半年ほどのものだったと思われます。夏前に出立し、冬が来る前には江戸へもどってきたのでしょう。しかし、前にも述べたとおり、

「奥羽紀行」がいまだ発見されておらず、この旅の大半は謎のままです。

一茶がみちのくの旅で得たものはなんだったのでしょうか。

筆者が考えるのはつぎのようなことです。

まずひとつは、自然の力の強大さとそれを前にしたときの人間の無力です。それは、一茶の浅間山噴火の聞き書き（『寛政三年紀行』）によくあらわれています。『旅客集』に一茶が書き記した、夕暮れのなか家路を急ぐ村人や島の影に隠れながらゆく刈穂舟の姿、暁闇(ぎょうあん)から生まれたばかりの朝陽が夕暮れのようだという、一茶が象潟で感じた「淋しみ」とは、微動だにしない大自然のなかで、淡々と日常を送っていく人間の営みのありようから受けたものではなかったでしょうか。それは人間という存在が普遍的に抱えた「淋しみ」といえるものかもしれません。

そしてもうひとつ。明治になって、正岡子規が一茶を「主として滑稽、諷刺、慈愛の三点にあり」と評して以来、「慈愛」ということは一茶の大きな特徴とされていますが、一茶自身の不遇な境涯から弱者への共感が育まれたものと結論付けられてきました。たしかにそのとおりなのですが、「慈愛」は一茶の境涯に由来するだけでなく、二十代に体験した「みちのくの旅」を淵源としているところもあるように思うのです。

一茶の「おくのほそ道」は、古のころから和歌に謳われてきた「歌枕」を巡る芭蕉の旅とは違い、体験が体験を呼び込む沢木耕太郎さんの名作『深夜特急』のような、その後の生き方を左右する原体験的な旅だったのかもしれません。

痩蛙まけるな一茶是に有

一茶のみちのくの旅を知ってしまったわれわれは、この痩蛙に、天明の大飢饉のあとの困窮に喘ぐみちのくの民衆の姿を投影して読むこともできるはずです。
一茶が二十代最後に体験した旅の記憶がこころの片隅にあって、それが蛙合戦を眺めていたとき、意識のうちにふと蘇ったということも、じゅうぶんありえることです。俳句のみならず詩や小説などの文学が生まれる瞬間の意識というものは、たいていの場合において、重層的なものなのだから。

反骨

また、一茶といえば、反骨の俳人として知られています。反権力的な句を数多く詠んでいます。子規のいうところの「諷刺」という俳風。

ずぶ濡れの大名を見る炬燵哉
武士町や四角四面に水を蒔く
金まうけ上手な寺のぼたん哉
世の中をゆり直すらん日の始

一句目は、序章で紹介しましたが、冬の雨のなかをゆく大名行列を一茶は炬燵のなかでぬくぬくと眺めている――いつもは偉ぶっている大名との立場の転倒が痛快です。二句目、三句目はそれぞれ武家と僧侶を皮肉ったもの。風刺があらわなので、句としては深みに欠けますが、特徴がよく出ています。民は苦しんでいるのに、特権階級である、さむらいは四角四面に世の中を治め、坊主は金儲けのことしか考えなくなっていると風刺しています。

四句目は、一八二四年（文政七年）の元日に地震が起きたときのことを詠んだもの。地震のように、世の中を根底から揺さぶって、正しい姿に直してほしいという願いをこめています。裏をかえせば、世の中が、歪んでしまい悪い状態にあると一茶は認識していたことがわかる一句です。

いずれも後年、老境に入ってからの作ですが、こういった反骨精神が養われたのも、原体験としての「みちのくの旅」が根底にあったからだ、と筆者には思えてなりません。若き日の旅の途上、一茶のなかで芽生えた憂憤が、のちにこうした風刺の句となって花開くことになったのではないかと。

一茶は江戸においても、都会生活で苦しむ人びとの姿を日々目の当たりにしていたでしょうけれど、それを上回る惨状をみちのくで見聞きしてきたのです。

俳人・一茶は、境涯という個人体験を詠んだだけではなく、大衆の立場から大衆の言葉で大衆の思いを代弁することができました。それは、みちのくの旅というジャーナリスティックな体験をすることによって、一茶の心身に深く刻まれたものから生まれているのではないでしょうか。

第十章　一茶とお茶

俳号の由来

一茶の俳号の由来は意外と知られていません。一茶は、そのことについて、つぎのように記しています。

西にうろたへ東に冲(さすら)ひ、一所不住の狂人有。旦(あした)には上総(かづさ)に喰ひ、夕には武蔵(むさし)にやどりて、しら波のよるべをしらず。たつ淡(あわ)のきえやすき物から、名を一茶坊といふ。

（『寛政三年紀行』）

西にうろうろし、東にさすらって、一ヵ所にとどまることのない奇人がいた。朝には上総国で飯にありついたかと思うと、夕べには武蔵の国に宿をとって、寄せては返す白波のように身が定まるところがない。水面に立つ泡が消えやすいことから、名を一茶坊という。（意訳）

一茶は日々旅に暮らし、明日をも知れぬ我が身を「たつ淡（泡）のきえやすき物」といっています。つまり、「一茶」という俳号は茶の泡のように儚（はかな）い存在であるという意味なのです。

ところで、この俳号の由来となった茶は何茶でしょうか。

その答えを出す前に、江戸時代の人びとは、どんなお茶をどのように愉しんでいたのか、まずそのことについてふれておきたいと思います。

お茶といったとき、思い浮かぶのは、茶の湯、つまり抹茶による茶道でしょう。茶の湯といえば、室町時代に大名の間で盛んになり、安土桃山時代の茶人、千利休（せんのりきゅう）によって「侘び茶」として芸術の域にまで高められたことはよく知られています。名だたる戦国武将たちが、貴重な茶道具を手に入れるために競いあい、茶碗ひとつが一国一城以上の価値を持つまでになりました。

道具への執着といったことは、茶の湯のほんらいの精神とはべつのことであったはずなのですが、こうした流れのまま、茶の湯は格式を重んじる武家や商家のお稽古ごとになっていきました。

江戸時代に入ってからは石州流（せきしゅうりゅう）が徳川幕府の公認を受けるなど、茶の湯はいよいよ正式な武家儀礼として広まっていきます。武士の嗜みとして茶の湯が求められるようになったのです。家元制度が生まれ、お稽古ごととしての茶の湯は組織化され、いっそう盛んになります。こうして茶の湯は武家や富裕層の格式の象徴となっていきました。

いっぽう江戸時代に「茶道」ではない、「煎茶道」が流行ったことはご存じでしょうか。江戸中期、一茶がまだ修行中の寛政のころ、文人の間で「煎茶道」が大流行することになります。

われわれにとって煎茶といえば、いたって日常的な飲みものです。自宅で急須に淹れて飲むだけでなく、ペットボトルに入れられたものが売られており、いつでもどこでも飲むことができて、いっそう身近なものになっています。

江戸時代においても煎茶は庶民にとって気軽な飲み物でした。なかでも番茶は安価で、自宅で飲まれるほか、茶屋などでも供されたようです。

煎茶売という行商がいて、江戸市中を盛んに売り歩いていました。一茶も句に詠んでいます。

夕陰や煎じ茶売の日傘　一茶

一茶の晩年、一八二五年（文政八年）の句。煎茶売は信州柏原にもやってきたのでしょうか。あるいは江戸に住んでいたころの思い出を詠んだものなのかもしれません。いずれにせよ煎茶売は一茶にとって身近な存在であったことが、こうした句からもわかります。

売茶翁と伊藤若冲

煎茶は庶民的なものでしたが、文人の間で流行った「煎茶道」は、たんに煎茶を味わうというだけでなく、それを格式張らずに様式化することで、かつての茶の湯のような精神性を生み出そうとしたものです。

きっかけとなったのは売茶翁（一六七五〜一七六三年）という不思議な人物の存在です。

売茶翁は肥前国蓮池道畹（いまの佐賀県佐賀市）の生まれ。十一歳で出家し、黄檗宗の僧となりましたが、堕落してしまった仏門のありように失望し、六十一歳のとき、京で煎茶を売り歩くようになります。

その売り方は一風変わった移動式のもので、みずから担ってきた道具を広げて、即席の茶席を設け、その場で客のために煎茶を淹れてもてなすというものでした。それを京の大通りでおこなったのだから大評判となります。

とはいえ、それは商売といえるようなものではなく、売茶翁にとっては、その日暮らしのお金さえあればよく、茶をただ飲みされても気にしません。煎茶を飲みながら、格式張らずにざっくばらんに客と語らうことが売茶翁にとっての風流だったのです。

売茶翁のことはたちまち京の文化人たちの間で話題となりました。

たとえば伊藤若冲（いとうじゃくちゅう）も売茶翁と交流をもつようになりました。人物画を描かなかった若冲が売茶翁だけは数点描いています。売茶翁がいかに魅力的な人物であったかということがうかがえます。こうして煎茶は静かに文人の間で広まりはじめます。

時代が下って、この売茶翁の精神を「煎茶道」として世間に広く伝えたのが、怪異小説『雨月物語』の作者で異能の文人、上田秋成（うえだあきなり）でした。秋成が京の都に移住したのちの一七九四年（寛政六年）、『清風瑣言（せいふうさげん）』を著します。「茶の湯」の批判にはじまり、茶の歴史、煎茶の製法から茶道具の使い方まで煎茶道のありようを具体的に説いています。

秋成は売茶翁の精神にかたちを与えたのです。

この『清風瑣言』の刊行をきっかけとして、多くの人びとが煎茶道を嗜むようになりました。

煎茶道の流行はその後、江戸時代をとおして続き、江戸後期には、『日本外史』の著者・頼山陽（らいさんよう）や田能村竹田（たのむらちくでん）といった人びとが煎茶を愛好し、さかんに称揚します。

格式化してしまった茶の湯に対抗するかたちで、文人たちのあいだで煎茶が流行したわけですが、そこには権力に反抗する意識が根底に強く流れていたことを見逃すことはできません。

頼山陽の影響なのでしょうか、幕末の志士たちの多くが煎茶を嗜んでいたことはそのひとつの証左かもしれません。

さて、前置きが長くなりましたが、正解、つまり一茶の俳号の由来となった茶の泡は、煎茶でした。

一茶が煎茶と濃密にかかわるようになったのには、理由がありました。

奇跡の庵

正岡子規、河東碧梧桐、高浜虚子、中村草田男、石田波郷……数々の俳人を輩出した愛媛県・松山の、マンションなど高い建物に囲まれたそこだけは、二百年以上時間が止まったまま、ぽっかりと小さな宇宙のように存在しています。

ここは松山市内の中心部、味酒町。なにしろ二百年以上昔の建物です。その間、松山大空襲やたび重なる自然災害、都市化の波にみまわれてきたことを思えば、「庚申庵」がいまなお原形のまま存在していることは奇跡としかいいようがありません。

庵を結ぶということは、世間から離れることを意味します。一八〇〇年（寛政十二年）、五十二歳の栗田樗堂が庚申庵を建てたのも、俳諧と煎茶道に専心するためでした。

樗堂は、松山の造り酒屋「豊前屋」の後藤昌信の次男（三男との説もある）として生まれましたが、後に栗田家の養子となって家督を継ぎます。その栗田家もまた「廉屋」という屋号で造り酒屋を営んでいました。

江戸時代において酒造業を営むことは特別なことです。はじめに「酒株」という幕府や藩からの認可が必要です。なにしろ米本位制の社会にあって、原料として大量のコメを扱うのです。各地からコメを調達する必要がありますが、コメを運ぶためには物流をおさえなくてはいけないし、大きな元手が必要になります。そのため、おのずから物流や金融といった事業を兼ねることになるわけです。造り酒屋といいながら、実態は、総合商社とでもいうべきものでした。

当然、各藩もそうした商家は大いに利用します。御用商人を任せられ、武家と町方をつなぐ役割を担うようになります（藩が御用商人に酒造りを命じる場合もありました）。

樗堂の栗田家もまたそういう存在でした。

樗堂は家業の経営はもちろん、町方のまとめ役としても才を発揮した人で、松山藩の町方大年寄役を長年務めるなど、藩からも町方からも信頼が篤い人でした。一茶とは対照的に、生まれながらに世間的な地位、名誉、財産に恵まれていたのです。

しかしながら樗堂の本質は文人でした。俳諧は十代のころから親しみ、当代屈指の俳人としてその名声は全国に及んでいます。本来、地位や権力といったものには距離を置いて生きたい人であったようです。

煎茶道のために

そんな樗堂が、名利を捨てて風雅に没頭するために建てたのが庚申庵でした。家業と藩の要職をすっぱりと引退し、余生を隠者として過ごそうと決心したのです。樗堂の傑作とされる俳文『庚申庵記』の冒頭を引用します。

我が住む坤のかた、市塵わづかに隔たりて、平蕪の地あり。味酒の郷といふ。寛政庚申の年、いささかその地を求め得て、かたばかりなる六畳の草屋を造り、陸盧が好事の茶を煮るために小庇をつけたり。

（樗堂『庚申庵記』）

わたしが住んでいる南西の方角、町の喧騒をすこし隔てたところに、雑草の生い茂った平らな土地がある。味酒の郷という。寛政十二年、庚申の年、わずかばかりその土地を得ることが出来て、かたちばかりの六畳の草庵を造り、陸盧にならって物好きな茶を煮るための小さな茶室を付けた。（意訳）

ここで着目したいのは「陸盧が好事の茶を煮るため」というところです。

陸盧とは陸羽（七三三〜八〇四年）と盧仝（?〜八三五年）のことで、両人とも唐代の文人です。陸羽は世界最古の茶道書『茶経』を著した文筆家。中国では「茶聖」あるいは「茶神」とよばれ、その像は茶を商う人々のあいだで神として祀られています。岡倉天心は陸羽を「茶道の鼻祖」と評価していますが、そもそも日本の茶道もまた陸羽の『茶経』からはじまったといっても過言ではありません。

盧仝は遁世の詩人。「走筆謝孟諫議寄新茶」（筆を走らせ孟諫議が新茶を寄せたるを謝す『七碗茶歌』）の詩によって陸羽と並び称され、のちに「茶仙」と呼ばれるようになりました。

この二人は煎茶を愛好する近世の文人たちにとって、精神の拠りどころでした。橒堂もまたかれらを敬愛し、「陸盧が好事の茶」、すなわち煎茶道のための庵を建てたのです。

庚申庵を訪ねて

現在、庚申庵は橒堂研究の第一人者である松井忍氏を中心としたＮＰＯ法人によって保全されています。

筆者は幸いにも庚申庵で煎茶を喫する機会をいただきました。その折にうかがった松井氏のお話や『庚申庵記』の記述を参考に、これから橒堂のつくった庚申庵の中をご案内したいと思います。

建物には、それを建てた人、そこに住む人が考えていたことが、その造りのうちに現れているものです。

庚申庵はいたって簡素な造りです。とくに豪華な装飾があるわけではありません。のちに台所などが増設されましたが、創建時は三畳間（煎茶用）、四畳半間（俳諧用）、二畳間（書斎用と思われます）からなるものでした。庭園には池や立派な藤棚があり、これを座敷から眺めるのが醍醐味です。

庚申庵には不思議な造りがいくつかあります。

まず、かつての正門は、現在では裏門となっています。というのも、人ひとりがやっと通れるくらいのとても小さなものだからです。

そして、ふつう玄関は門からまっすぐ行ったところにあるものですが、本来あるべきところは行き止まりの壁になっていて、玄関に入るには、いちど曲がらなくてはなりません。建物をL字になぞって進んでいくかっこうです。

なぜ、樗堂は、わざわざこのような面倒なことをしたか。松井氏によれば、城が見えないようにするためだというのです。

庚申庵は松山城にほど近いところにあります。本来の位置に玄関を造ってしまうと、玄関の戸を開けるたびに、城を見上げることになるのです。樗堂にとって松山城は町方年寄として、頻繁に出入りした場所です。樗堂が嫌った権威や俗世間の象徴のお城を毎日見るのは、隠者として生きてゆきたい樗堂にしてみれば、たいへんな苦痛でしょう。退職したのに、自宅の玄関を出るたびに勤めていた会社が見えてしまうようなものです。たしかに息苦しいといえば息苦しい。

加えて、樗堂は時の藩主・久松松平家に対して、あまりよい感情を抱いていなかったようです。もともと樗堂の生家・後藤家も跡を継いだ栗田家もいずれも加藤嘉明（かとうよしあき）に仕えた士族でした。加藤嘉明は「賤ヶ岳（しずがたけ）七本槍」の一人で、豊臣秀吉子飼いの武将であり、文禄の役の功によって、伊予を治めることになりました。秀吉没後は徳川家康に従い、二十万石に増封、善政を敷いて松山の発展の礎を築きましたが、のちに会津へ移封となり、その替わりに蒲生家が入封。後藤、栗田両家は松山に残ります。

その後、蒲生家が断絶すると、久松松平家が藩主となりました。しかし、かつての嘉明の善政にくらべて、久松松平家の治世には大いに不満があったようです。『庚申庵記』をつぎのように結んでいます。

興亡かならず時うつりて、一盧、終に誰が為にかあらたまらむ。禾黍南畦に肥え、桑麻北田に秀で、耕者牧童の口にうたふを、いづれの日か聞くべしと、涙さめざめとくだりて、ふたつの袖をしぼりぬ。

（樗堂『庚申庵記』）

興亡はかならず時とともに移ろっていくものだが、この庚申庵も、ついには誰かによって、建て改められる時がくるだろう。稲や黍が南の田でよく実り、桑や麻が北の畑によく育ち、農民や牧童がのどかに歌うのを聞くことができる豊かな日々がいつになったら訪れるのだろうかと思うと、涙がこぼれて両袖を絞った。（意訳）

庵もまた時とともに移ろっていくであろうことに思いを馳せ、しかし、いっこうに豊かにならない庶民をあわれみ、それと同時にいっこうに改まらない治世を言外に非難しています。

床の間がない

さらに樗堂の殿様嫌いには、決定的な理由がありました。藩主・松平定国（一七五七〜一八〇四年）は俳諧にたいへん熱心でした。領内に大いに俳諧を広め、身分の低い者にまで、みずから添削をするほどの熱の入れようです。しかし、定国が広めようとしたのは、「点取俳諧（てんとりはいかい）」と呼ばれるものだったのです。「点取俳諧」とは、低俗な洒落や機知、理屈をよしとするもので、点者（選者）の点数を競う遊びであり、ときに懸賞金をかけた賭けごとでもありました。その「点取俳諧」にどっぷり浸った藩主が、藩下の俳人たちの句を手直ししたわけです。

芭蕉を敬愛し俳諧を風雅の極みだと考えている樗堂と藩主・定国とは、まさに水と油、同じ俳諧で趣が違うのだから始末の悪い話です。

樗堂は、藩主や藩政にさまざまな不満を抱えていましたが、お家のためにそれを押し殺し、忍従しながら町方大年寄役を務めていたというわけです。

こうした理由から、庚申庵の玄関は松山城を向いていないのです。しかも庚申庵そのものも、藩主・久松松平家の菩提寺に背を向け、かつて加藤嘉明が本拠とした松前城（まさきじょう）（正木城）のほうを向くかたちで造られています。

さらに不思議なことに、庚申庵には床の間がありません。

茶の湯であれば、そこに掛け軸をかけ、茶花（ちゃばな）を活ける、神聖な場であり、床の間の前にはその日の正客（もっとも身分や地位の高い客）が座ります。

しかし、地位や身分に関係なく平等な立場で煎茶や俳諧を楽しみたい樗堂にとっては、床の間は不要なものでした。はじめから床の間がなければ、座る位置に上下はありませんし、立派な掛け軸も高価な花入れも要りません。そうしたことを気にせず、純粋に客との語らいを楽しむことができます。それが当時の煎茶道の理想の姿でしたが、庚申庵はまさしくそれを体現したものなのです。

俳諧においても同様。一般的な俳諧の座においては、指導する宗匠が上座にどんと構え、床の間には、代々一派に伝わる貴重な軸をものものしく掛けたり、芭蕉の像を置いたりするのがふつうでした。権威や格式が重んぜられ、身分や俳歴によって、座る場所が決まっていたのです。

しかし、樗堂にとって、そういったことはまったく関心のないことでした。庚申庵では車座になって俳諧を楽しんだといいます。

運命の出会い

一茶は、一七九二年（寛政四年）、西国へ出立します。足掛け七年、俳諧宗匠になるための最後の修行旅。その間、いちども江戸にもどることなく関西、四国、九州を巡りました。その旅の中で、最も親交を深めた俳人が伊予・松山の栗田樗堂です。

一茶が樗堂のもとに来たのが一七九五年、立ち去るのが一七九七年ですから、二年間ほど伊予に滞在していました。

ただ、残念なことに庚申庵が建てられたのは一八〇〇年（寛政十二年）なので、一茶は庚申庵を訪れていません。その替わり、樗堂の自宅にあった「二畳庵」でたびたび歌仙（連句）を巻いています。二畳庵がどういった建物であったかはわかりません。おそらく古い建物で、庚申庵とは異なって、いたってふつうの造りだったでしょう。

しかし、二畳庵でも樗堂が煎茶でもてなすことがあったはずです。ひょっとすると庚申庵を建てて俗世を離れる計画があることを一茶にも打ち明けていたかもしれません。

筆者がそう考えるのには根拠があります。

それを確認するためにも第三章で取り上げた、寛政七年一月に二畳庵で一茶と樗堂が二人で巻いた歌仙（連句）の巻末の二句を紹介します。

ときに樗堂四十六歳、一茶三十二歳。樗堂は松山にありながら当代屈指の俳人、かたや一茶は修行中の無名の俳人です。

ちなみに歌仙とは、先述したように、五七五（長句）と七七（短句）を交互に三十六句連ねる形式のことです。また、二人で巻くことを両吟といいます。当時は今と違って、句会といえば、歌仙を巻くことを指します。俳人にとって、もっとも力量を問われる大事な創作の機会でした。

釜（かま）泌（にえ）て炉（ろ）に松風（しょうふう）の落花（らっか）聞（き）く　　樗堂

第三十五句。茶釜の湯が煮える炉で、松風に桜の花びらが散るのを聞いているという意ですが、落花はあくまでも幻の花びらであって、釜の湯が立てる音が、さながら花が散る音のようにしずかであるといっているようにも読めます。いずれにせよ、花が散る音とは、あるかなきかの幽（かそけ）き音です。それだけ茶室が静かであるということであり、俗塵を離れているということを暗にあらわしています。この句に対して、一茶はつぎのように付けています。

蕣（あさがほ）蒔（ま）けば我（われ）に用（やう）なし　　一茶

第三十六句、この歌仙を締めくくる最後の句、挙句(あげく)です（ちなみに慣用句の「挙句の果て」はこれに由来します）。

朝顔の種を蒔いたならば、それでもう満足だといっています。「我に用なし」をどのように解釈するかは難しいところですが、一茶は樗堂が詠んだ句から売茶翁のおもかげを感じ取ったのではないでしょうか。

茶道具一つを抱えて京の市中をさすらい、果てにはその茶道具さえ、みずから焼き捨てた売茶翁の精神をこの句の「我」に託して詠んだものではないかと思えるのです。「用なし」というと、今日ではあまりいい言葉ではありませんが、この句においては世俗を離れ、何物にもとらわれないい自由な心、いいかえれば、煩悩から脱却した境地をいっており、それはまさしく売茶翁の境地そのものです。

当時、一茶が売茶翁や煎茶道のことをどこまで知っていたかはわかりません。伊予滞在中に樗堂によって教えられたのかもしれません。ただ、後年の『随斎筆紀(ずいさいひっき)』（一八一一年）の条には、一茶の手で売茶翁のつぎの句を記しています。

時鳥鳴く迄着たり古布子　売茶翁

寡聞にして筆者はまだ、この句がほんとうに売茶翁の作であるかは確認できていないのですが、少なくとも一八一一年（文化八年）の時点で一茶が売茶翁のことを知っていたことは間違いありません。

このように一茶と樗堂が巻いた歌仙から二人のあいだには、煎茶を介した心のやり取りがあったことを見て取ることができます。

樗堂と一茶の親交

では、樗堂と一茶の間はほんとうに親密で仲がよかったのでしょうか。

それは、ふたりの残した俳句を比較するだけでもよくわかります。

海はみな白魚になれ春の雪　樗堂

みじか夜のうしろに立てり不二の山

涼しさのひとりにあまる菴かな

さむしろや飯喰ふ上の天の川

いずれも生前に刊行された句集『萍窓集』（一八一二年）に収められていて、樗堂の代表句といっていいものです。それぞれ一茶の句とならべてみてみましょう。

海はみな白魚になれ春の雪　　樗堂
白魚のどっと生るゝおぼろ哉　　一茶

しらじらと海に降りしきる春の雪を眺めて、このまま海がぜんぶ白魚になればいいのにという樗堂の句。こうした童心の句は一茶によくみられるものです。いっぽう朧夜の闇のなかから春の息吹のようにどっと白魚が生まれてくるというのが一茶の句。どちらも秀句です。

みじか夜のうしろに立てり不二の山　　樗堂
なの花のとつぱづれ也ふじの山　　一茶

樗堂の句、そびえ立つ富士山がデフォルメされています。富士山だけが夜の向こう側にあるかのような夏の幻想。はかない短夜ならではの余韻がこの一句にはあります。一茶の句も富士山をデフォルメしていますが、こちらは小さな存在として詠まれている。菜の花畑の端っこにちょこんと富士山が見えています。

涼しさのひとりにあまる菴かな　　樗堂
大(だい)の字(じ)に寝(ね)て涼(すず)しさよ淋(さび)しさよ　　一茶

いずれもひとり畳の上で孤独と涼しさを感じている句。ちなみに一茶の句は遺産相続問題が解決し、生家に帰住したころの作で、念願のものを手に入れて、満ち足りたときに感じたふとした淋しさを詠んでいます。

さむしろや飯喰ふ上の天の川　　樗堂
さむしろや鍋(なべ)にすぢかふ天(あま)の川(がは)　　一茶

これは句形に明らかな類似性があります。ただし、樗堂の句が俗を詠みながらも高雅であるのに対し、一茶の句は機知で終わっている感があります。

樗堂の句はまえがきに「無造作なるものは田家（でんか）」とあるとおり、さむしろ＝筵を敷いて家の外で飯を食べている田舎の様子です。あたりは田んぼで、空には天の川がうつくしく流れており、これこそ風雅のあるべき姿だというのです。「無造作」とは飾らないあるがままの様子のこと。庚申庵に床の間を設けなかった樗堂らしい一句。一茶の句は一八一八年（文政元年）の晩年の句。一茶の狙いは樗堂の句と同じなのでしょうが、鍋と筋交いに天の川が流れているというのでは、やや余韻が乏しいように思います。

もう少し二人の句を見ていきましょう。

　小便（せうべん）に行（ゆく）ぞ其所（そこ）のけ蟋蟀（きりぎりす）　樗堂
　小便（せうべん）の身（み）ぶるひ笑（わら）へきりぎりす　一茶

いずれも寛政年間の作で、お互いが直接に交流していた時期の句であることを考えると影響がなかったはずがありません。

樗堂の句は、当時、厠（かわや）は母屋から離れたところにあったため、用を足すには、いったん外へ出なくてはいけなかったことによります。「そこのけきりぎりす」の口振りは、後年の一茶の「雀の子そこのけそこのけ御馬が通る」にも影響を与えているかもしれません。

仮にこの句が一茶の句だといわれても、なんの違和感もありません。いっぽう一茶の句はまるで樗堂の句に唱和するかのようです。

ここで、ひとつ謎めいた句を取り上げます。

名月（めいげつ）や山（やま）の奥（おく）には山（やま）の月（つき）

たいへん大柄な句で、「月」と「山」という言葉が繰り返される、そのリズムの良さもあいまって、はるかな余韻が残る一句です。

この句はこれまでほとんど注目されてこず、一茶の隠れた名句とでもいうべき句です。

この句を収録している『俳諧近世発句類題集』（一八二〇年）は当時、多くの人に読まれたアンソロジーで、そうしたことをあわせて考えてみても、今後は、より注目されるべき句ではないかと筆者は考えます。

しかし、今回、一茶と樗堂の句を調べていく上で、困った問題が起きました。まったく同じ句が樗堂の句として『萍窓集』にも載っているのです。『萍窓集』は一八一二年に刊行された樗堂の個人句集です。

刊行は『萍窓集』のほうが早いので、今後は樗堂の句としたほうがよいかもしれません。『俳諧近世発句類題集』はたくさんの作者の句を集めたアンソロジーであるため、樗堂の作が一茶の句として誤って掲載された可能性があるからです。

いずれにせよ、こうしたことが起こるのは、一茶と樗堂の間に密接な影響関係があり、そのことを同時代の周囲の人びとも認識していたことによるのではないでしょうか。一茶と樗堂の句が採り違えられたのだとすれば、互いの作風がとても似ていたことを暗に示しているようにも思います。

樗堂からの手紙

一茶は江戸へ帰ったのちも樗堂と手紙を交わすことで親交を温め続けました。その後、ふたたび会うことはなかったのですが、俳諧、そしておそらく煎茶の精神によって、ふたりの友情は固く結びついていたのではないでしょうか。

樗堂は『庚申庵記』で次のように世を憂えていますが、いかにも隠者らしい、その深い嘆息から樗堂にとって「友」というものが、いかなるものであったかをうかがい知ることができます。

> ある時は、うたた寝の枕の上に一期の楽しみを極めむとすれば、霜後の芭蕉夢に破れて、野分、木枯、軒端に騒がしく、世はうつつなきあらましなど思ひ続くるに、十に八九は古人の名にのみ残りて、益者三友の交りも指を折るに足らず。燈火冷ややかに、壁に虫鳴きて、再び寝ねがたし。

うたた寝をして「邯鄲の夢」でもみて、せめて夢のなかだけでも人生の楽しみを味わおうとしたのだが、霜が降りた後の芭蕉の葉のように、ずたずたに夢は破れて、すぐに目覚めてしまった。野分か木枯らしかと思うほど、軒端は吹き荒れて騒がしく、夢うつつにむなしい人の世のことなどを思い続けているうちに、思い出されるのは、十人のうち八、九人は古人の名ばかりで、現実には、風雅に通じた真の友人など指を折るほどもいない。灯火も冷ややかに壁には虫が鳴いていて、いよいよ寝つけなくなってしまった。（意訳）

樗堂の孤独が、たんたんと冷ややかに綴られています。「益者三友」とは『論語』にある、正直な友、誠実な友、古今に通じた博学な友のことですが、ここでは風雅の友と解するべきでしょう。つまり樗堂は風雅の友がいないことを嘆いています。俳諧や煎茶道の精神を理解してくれる友がいないというのです。

樗堂にとって友とは、おおくは古人だといい、それはおそらく芭蕉や売茶翁のことでしょう。はるか古人を心の友とするばかりで、実際の自身の周囲には、指を折るほどしかいないというのですが、そのなかに、一茶は入っていたのでしょうか。筆者は、まちがいなく入っていたと思います。

一八一四年（文化十一年）八月二十一日、樗堂は亡くなります。六十五歳でした。一茶のもとに届いた最後の手紙は自身の死を予感したものでした。

梅柳と申収候。いまだ御往生も不被成(なされず)候由、夫(それ)もまためでたからむ歟(か)。老はことの外に衰(おとろへ)たり。活(いき)て居ると申ばかり、万事随意々々、御憐推(れんすゐ)々々。風流も先(まづ)閉口同事也。只むかしをおもふ度、人恋しくぞ。最早生前御面会もあるまじく歟。上(じやう)品蓮台(ぼんれんだい)にてとたのしみ候也。

梅も柳も季節を過ぎました。わたしは老い衰えて、かろうじて生きているばかりですが、それもまた、めでたいこととして受け入れるべきことでしょう。わたしはことのほか老いてしまいました。ただ生きているばかりです。万事あるがまま、お憐れみください。自身の句作も上達の無さに閉口しています。ただ昔のことばかりが思い出されて人恋しいです。しかし、もう貴殿とは生きて会うこともないでしょう。極楽浄土で会うのを楽しみにしています。（意訳）

一茶はこの手紙を『三韓人』（文化十一年）という自身の選集の巻末に掲載しています。

そして「大事の人をなくしたれば、此末つづる心もくじけて、ただちにしなのへ帰りぬ」とその悲痛な思いを記しました。樗堂という大事な人を亡くしたので、続きを書く気力もなくなって、ただちに信濃に帰ったというのです。

『三韓人』は一茶の江戸俳壇引退、信濃帰住を祝って刊行した選集でした。一茶五十二歳、松山で樗堂と出会ってから二十年ほどが経っていました。

けふ有(あり)て命(いのち)うれしと鳴(な)く蟬(せみ)ぞ　　樗堂

樗堂の最後の発句です。前月から体調を崩していた樗堂でしたが、客人が来たため、とにかく残る力をふりしぼって詠んだ句です。

樗堂はこの句を発句（立句）にして客人たちと歌仙（連句）を巻こうとしたのですが、六句で力尽きてしまいました。

今日という一日を生きて迎えることができたことをうれしく鳴いている蟬。いうまでもなく蟬は樗堂自身です。最期の句もまた、一茶の詠みぶりによく似ています。

つぎの一句を挙げて樗堂については筆を擱(お)くことにします。「客」とは一茶のことではないかと、筆者は読みました。みなさんは、どう思われますか。

山吹にひとり客あり茶の煙　樗堂

第十一章　「明治時代の一茶」夏目漱石

スミレのような小さい人

夏目漱石（一八六七〜一九一六年）はいわずとしれた国民的大作家ですが、日本の近代化がもたらした諸問題ついて、もっとも鋭敏に切り込んだ思想家、文明批評家でもありました。

> 現代の社会は孤立した人間の集合体に過ぎなかった。大地は自然に続いているけれども、その上に家を建てたら、忽ち切れ切れになってしまった。（中略）文明は我等をして孤立せしむるものだと、代助は解釈した。（夏目漱石『それから』）

小説の主人公・代助に託すかたちで、漱石は当時の社会を批判しています。漱石がえぐり出したこの問題は、現代においても解決していません。むしろ、さらに深刻になっているようにさえ思われます。

ツイッターなどＳＮＳの発達が、「切れ切れになってしまった」わたしたちを結びつけてくれるようになったかと思ったら、ＳＮＳによってむしろ対立や分断が激しくなる負の側面が顕著になってきました。表面的な繋がりばかりが増して、かえって心の孤立は深まっているといえるかもしれません。

漱石は小説のなかで、さまざまなかたちで明治という時代、近代化がもたらした功罪について批評を加えています。

そんな漱石と一茶と、なんの関係もないように思われるかもしれませんが、じつはとても密接な繋がりがあります。

はじめに、漱石の俳句をみていきましょう。

漱石が俳人であったことは、よく知られています。東大で同級生になった正岡子規やその弟子の高浜虚子との交わりのなかで俳句をはじめているため、漱石の句はともすると「写生」という物差しで評価されてしまうきらいがありますが、その本領が発揮されるのは、人生を詠んだときであり、人と人との関わりを詠んだときです。漱石の代表句をみるとそのことがよくわかります。

菫程（すみれほど）な小（ちひ）さき人に生（うま）れたし
安々（やす）と海鼠（なまこ）の如（ごと）き子を生（う）めり
時鳥（ほととぎす）厠（かはや）半（なか）ばに出（で）かねたり
洪水（こうずい）のあとに色なき茄子（なすび）かな
君が琴（こと）塵（ちり）を払（はら）へば鳴（な）る秋か

夏目漱石

漱石は日本の最前線で近代化の荒波を受けた人でした。一九〇〇年（明治三十三年）、国家の大きな期待を一身に受けてイギリスに国費留学するも、当地で神経衰弱に罹り、志半ばにあえなく帰国したことは象徴的な事件でした。日本人が英文学を学ぶことに大きな違和感を覚え、苦悩していたのです。

その後、風刺小説『吾輩は猫である』で一躍人気作家となり、以降、神経衰弱と胃潰瘍の持病を抱えながらも、日本の前途への暗澹（あんたん）たる思いを小説に書いていきます。漱石は急速な近代化によって歪みが生じていた日本に対して終生、悲観的でした。上っ面だけの西洋化と偏った愛国主義の台頭、それらが日本人の自我にもたらす分断と孤独。そうしたことに漱石の心は苛（さいな）まれていたのです。

一句目。明治という近代社会で苦しむくらいなら、ひっそりと道端に咲く菫のような、そんな花のような「小さい人」に生まれ変わりたいという感慨は、栗田樗堂が、伊予松山藩の公務からも酒屋の経営からも身を引き、庵を結んで隠棲した姿に重なります。漱石は、江戸の文人たちと、明治以降の加藤楸邨、石田波郷たち「人間探求派」と呼ばれる俳人をつなぐような立ち位置にいるのかもしれません。

二句目、長女が生まれたときに詠んだ句。生まれたばかりのわが子を海鼠のようだとは、なんともひどい男親ですが、ゆえに諧謔が生まれます。海鼠は目鼻もなく、じつにとらえどころのない存在。漱石にはわが子がそのようにみえていたのでしょうか。

三句目、厠で用を足している最中に急な来客に見舞われた、それを囃(はや)すかのように外ではホトトギスが鳴いているという句です。

漱石は「朝日新聞」の連載小説『虞美人草(ぐびじんそう)』を執筆中、時の首相、西園寺公望(さいおんじきんもち)から文士招待会に招かれたのを辞退しています。この句はその折りに詠んだもので、つまり執筆がはかどらない様子を、厠でいきんで苦しんでいる情けない姿に転じて、会に出席できないことの言い訳にしているのです。

首相からの招待を「厠半ばであるから」という卑俗で尾籠(びろう)な理由をつけて断るのは、

いかにも気骨のある、漱石らしい皮肉です。かるく相手の顔に泥を塗りながらも、自身を笑いものにしている自虐的な諧謔で角（かど）が立ちません。こういったところは一茶の俳風にとても近いものがあります。

四句目、写生句のようですが、そうではありません。いわゆる「修善寺の大患」といわれる、胃潰瘍で静養中の修善寺で吐血し一時危篤状態になった後の一句。まえがきに「病後対鏡」とありますが、眼前にあるのは、茄子ではなく、漱石自身の病み上がりの顔です。悲惨な光景ですが、鏡の中の漱石は、微苦笑（にがわらい）をたたえています。

五句目、「寅彦のヴイオリンの事を考へ出して」との注記がついています。病床にあって眠れずにいたところ、ふと愛弟子であり、親友でもあった寺田寅彦のバイオリンのことを思い出して詠んだ句です。秋の寂寥を感じさせる一句。

こうしてみると、漱石にとっての俳句とは、「文明によって切れ切れになって孤立した我等」の心と心をふたたび結びつけていく文芸であったように思います。

漱石の俳句の中心には、いつも人生があり、人と人との結びつきがあり、社会がありました。

漱石と煎茶道

その漱石ですが、じつは売茶翁を詠んでいます。売茶翁については前章で述べましたが、日本の煎茶道の祖であり、江戸時代の文人たちのあこがれでした。

梅林や角巾黄なる売茶翁　　夏目漱石
水仙や髯たくはへて売茶翁
売茶翁花に隠るゝ身なりけり

一句目、角巾は角ばった頭巾。隠者が好んで被ったもの。梅林で茶をもてなす売茶翁のまぼろしを詠んでいるのです。

二句目、漱石は売茶翁の肖像画を観たことがなかったのでしょうか。若冲が描いた姿をみるかぎり、売茶翁は漱石のような立派な口髭を生やしておらず、無精髭が少し伸びたような髭です。それはともかく漱石は、髭をたくわえたことで、売茶翁になったような心持ちになったというのです。

三句目、売茶翁の隠者としての態度を詠んでいます。世の中は桜が満開で浮き立っているのに、売茶翁は世間に背を向けてひっそりと隠れているというのです。もちろん、漱石はそうした売茶翁のありかたを讃えています。

こうした句にあらわれているとおり、売茶翁に敬服していましたし、そもそも漱石は、煎茶道を嗜んでいました。

秋風や茶壺を直す袋棚　　夏目漱石
時雨ては化る文福茶釜かな
寒菊や京の茶を売る夫婦もの
茶の会に客の揃はぬ時雨哉
小春日や茶室を開き南向
炉塞いで窓に一鳥の影を印す

筆者はてっきり茶の湯の席を詠んだものと思っていたのですが、漱石の場合、そうではなく、これらの句はすべて煎茶道の席でのことだったのです。漱石はむしろ茶の湯を嫌っていました。

『漱石と煎茶』（平凡社新書、二〇一七年）という本があります。著者は、小川流煎茶六代目家元である小川後楽氏。一流の煎茶家による斬新な漱石論が展開されています。筆者はこの本によってはじめて「漱石と煎茶の関係」について気づかされました。というより、この本によって「煎茶道」そのものを知ることになったのです。

俳句的小説『草枕』

漱石が熊本の第五高等学校に英語教師として赴任したのは、一八九六年（明治二十九年）、二十九歳のときのことです。『漱石と煎茶』によると、漱石は、この熊本時代に煎茶を嗜むようになりました。同地で交流を深めた自由民権運動家の前田案山子（一八二八～一九〇四年）や五高の同僚でもあった漢詩人の落合東郭（一八六六～一九四二年）らが煎茶道の心得があり、その影響を受けたようです。

漱石の『草枕』は熊本時代の体験をもとにした小説です。舞台は熊本県玉名の小天温泉。主人公は三十歳の画工で俳句も作ります。もちろん漱石自身がモデルです。のちにみずから「美を生命とする俳句的小説」（「余が『草枕』」）といっているとおり、漱石作品としてはめずらしく、自然や人物の描写が美しい小説です。そのうえ漱石の芸術上、人生上の美学が随所に垣間見られ、初期の名作と謳われることもうなずけます。その冒頭は、誰もが知る名文です。

> 山路を登りながら、こう考えた。
> 智に働けば角が立つ。情に棹させば流される。意地を通せば窮屈だ。とかくに人の世は住みにくい。

『草枕』で煎茶を喫する場面が出てくることはあまり知られていません。冒頭に劣らず、すぐれた文章で描きだされた印象的な場面なのですが、煎茶に通じていなければ、茶の湯だという先入観に引っ張られて読んでしまいます。筆者も『漱石と煎茶』を知るまでは、煎茶と気づかずに読み過ごしていました。

まず、主人公がヒロインの那美に茶席へ誘われる場面。ここに出てくる父というのは、先ほどの自由民権運動家の前田案山子がモデルで、那美は案山子の次女、前田卓がモデルです。ここでは主人公によって痛烈に茶の湯が批判されます。

「父が骨董が大好きですから、だいぶいろいろなものがあります。父にそう云って、いつか御茶でも上げましょう」

茶と聞いて少し辟易した。世間に茶人ほどもったいぶった風流人はない。広い詩界をわざとらしく窮屈に縄張りをして、極めて自尊的に、極めてことさらに、極めてせせこましく、必要もないのに鞠躬如として、あぶくを飲んで結構がるものはいわゆる茶人である。あんな煩瑣な規則のうちに雅味があるなら、麻布の聯隊のなかは雅味で鼻がつかえるだろう。廻れ右、前への連中はことごとく大茶人でなくてはならぬ。あれは商人とか町人とか、まるで趣味の教育のない連中が、どうするのが風流か見当がつかぬところから、器械的に利休以後の規則を鵜呑みにして、これでおおかた風流なんだろう、とかえって真の風流人を馬鹿にするための芸である。

（夏目漱石『草枕』）

主人公は誘われたときは茶の湯と思ったようです。しかし、那美の父の茶は煎茶でした。格式も作法もない文人の煎茶。「流儀も何もありゃしません。御厭なら飲まなくってもいい御茶です」と那美にいわれ、主人公は茶席へ出向くことになります。

「ふん、そうか——さあ御茶が注げたから、一杯」と老人は茶碗を各自の前に置く。茶の量は三四滴に過ぎぬが、茶碗はすこぶる大きい。生壁色の地へ、焦げた丹と、薄い黄で、絵だか、模様だか、鬼の面の模様になりかかったところか、ちょっと見当のつかないものが、べたに描いてある。

「杢兵衛です」と老人が簡単に説明した。

「これは面白い」と余も簡単に賞めた。

「杢兵衛はどうも偽物が多くて、——その糸底を見て御覧なさい。銘があるから」と云う。

（中略）茶碗を下へ置かないで、そのまま口へつけた。濃く甘く、湯加減に出た、重い露を、舌の先へ一しずくずつ落して味って見るのは閑人適意の韻事である。普通の人は茶を飲むものと心得ているが、あれは間違だ。舌頭へぽたりと載せて、清いものが四方へ散れば咽喉へ下るべき液はほとんどない。ただ馥郁たる匂が食道から胃のなかへ沁み渡るのみである。歯を用いるは卑しい。水はあまりに軽い。玉露に至っては濃かなる事、淡水の境を脱して、顎を疲らすほどの硬さを知らず。結構な飲料である。眠られぬと訴うるものあらば、眠らぬも、茶を用いよと勧めたい。

（夏目漱石『草枕』）

煎茶の魅力をこれほど端的に表した文章をほかに知りません。

ここで描写されているように、日常飲む煎茶とは違って、煎茶道の席では、時間をかけてゆっくり丁寧に淹れ、ぐい呑みくらいの大きさの椀（「茶碗はすこぶる大きい」とあるのは表現の綾でしょう）に、雫というのがまことにふさわしい、ごくわずかの量を淹れて飲みます。

ちなみに筆者は、松山の庚申庵で煎茶をいただく機会がありましたが、茶室の空間の素晴らしさも相まって、その味わいには格別のものがありました。

小川氏はこの場面について「近世文人の風雅な遊びである『煎茶』を、意識的に描写している」と自著で指摘しています。

「閑人適意（かんじんてきい）の韻事（いんじ）」とは、文人が詩文を作って遊ぶ風流な遊びのことをいいます。売茶翁をはじめ、上田秋成、田能村竹田、頼山陽といった煎茶を愛好した文人たちを念頭に、漱石はこの文を書いたことはまちがいないでしょう。

この煎茶の場面は、もともと筋のない作品ともいわれる『草枕』にあって、物語の展開上は、重要な意味をもたないようにみえます。しかし、『草枕』の主題、つまり漱石自身のいう「美を生命とする」点でいえば、『草枕』の世界観をより深く、より明確なものにしている重要なシーンなのです。

俳句開眼の座

漱石は熊本に四年三ヵ月にわたって住むことになりますが、その間、俳句を千句ほど詠んでいます。これは漱石が生涯に残した句の半数近くにのぼります。先に紹介した菫の句や海鼠の句は、まさしくこの時期に詠まれたものでした。熊本時代は漱石がもっとも俳句に熱中した時期だったわけですが、このことは煎茶の存在と無関係ではなさそうです。

『草枕』では描かれていませんが、前田案山子は自由民権運動に挺身した政治家でした。第一回衆議院議員選挙で熊本から当選を果たしています。案山子の三女・槌（つち）は、孫文を支援して辛亥革命を支えた革命家で浪曲師の宮崎滔天（みやざきとうてん）に嫁ぎます。

煎茶は、幕府公認の「茶の湯」に対抗するかたちで頼山陽など文人たちが嗜み、やがて維新の志士たちに広がりました。明治になると、自由民権運動家の案山子や宮崎滔天らが、格式や身分にとらわれず、ざっくばらんに政権を批判し、政治や社会のことを談論し、作法に縛られることなく茶を味わいました。

　人と人を繋ぐ参加型文芸の俳句も、歌仙を巻く「座」が、文芸や時事問題について語り合うコミュニケーションの場となったことは先述したとおり（第三章参照）です。

　煎茶の席における前田案山子らを相手にした談論風発は、漱石の俳句創作の意欲を大いに掻き立てたのではないでしょうか。

『草枕』の舞台となった熊本の地で、漱石の俳句は、そうした「座」において生み出されました。だから漱石の俳句の中心には、いつも人生があり、他者があり、社会があったのだと思います。

奇縁

『三愚集（さんぐしゅう）』という、一九二〇年（大正九年）に刊行された画帖仕立ての俳画集があります。一茶の俳句を夏目漱石が書にし、日本画家・小川芋銭（おがわうせん）が、俳画をつけたもので、「三愚」とは三人の愚か者、すなわち一茶、漱石、芋銭を指します。

全部で二十七句。漱石が書にしたそれぞれの句に画が添えてあります。たとえば「痩蛙まけるな一茶是に有」の句には、河童が相撲の行司役で軍配を返している様子が描かれています。河童は芋銭の得意とするところでした。

晩年の漱石は良寛の書に親しんでいたといいますが、『三愚集』の字を見ると、その影響をうかがうことができます。肩の力の抜けた書跡は、角張ったところがなく、飾り気のない、じつに自然体の書です。その自然体のなかにユーモアが滲んでおり、漱石が楽しみながら筆を揮（ふる）っている雰囲気が伝わってきます。このように『三愚集』は、一茶の句柄に、飄々とした漱石の書跡と芋銭の画風がよくなじんで、味わい深いものに仕上がっています。

初版は百部限定の非売品でしたが、漱石、芋銭の知名度に加え、明治末年から大正にかけての一茶再評価の機運もあいまって注目を集めた出版物になったそうです。

この『三愚集』を企画、刊行したのは秋元悟楼（あきもとごろう）という人物です。

悟楼は、一茶が足繁く通った門弟、味醂商の秋元双樹の五代あとの当主で、彼も双樹同様に文学や芸術に関心が深く、多くの文人と交友関係にあり、高浜虚子門下の俳人でもありました。

そうした縁から秋元悟樓が一茶の句を愛し、『三愚集』を企画したことは容易に理解できます。また、俳誌「ホトトギス」の表紙画を担当し、漫画や俳画の第一人者であった芋銭に画を依頼したこともわかります。しかし、書を漱石に依頼したのはなぜでしょうか。高浜虚子やそのほかの俳人ではいけなかったのでしょうか。

悟樓が漱石に『三愚集』の依頼をしたのは、一九一二年（明治四十五年）五月のことです。ちょうど漱石が「修善寺の大患」後の復帰作『彼岸過迄（ひがんすぎまで）』の連載を終えたところでした。

漱石にとって、前年の明治四十四年は心安らかではないことが続いた年でした。文学博士号を辞退するという前代未聞の事件で世間の物議を醸（かも）し、またその年の終わりには五女、雛子を突然死で亡くしています。一歳八ヵ月でした。本人も持病の胃潰瘍や痔にも悩まされていました。

そこに持ち込まれたのが『三愚集』の企画でした。

悟樓は漱石に依頼したときのことをつぎのように回顧しています。

「私は今度一茶の句を選(せん)し、其(そ)の俳画を芋銭(うせん)画伯が描き、そして其の句を書いてもらふ方は先生を除(のぞ)いて他に適当のお方がない。このお三人の合作で初めて一茶の風格を世に紹介してみたいので芋銭さんは承諾(しょうだく)されました」とお願ひすると、夏目さんは

「君は一茶の句を書くに僕を除いて他に其の人がないと言ふがどうゆう(ママ)考へだ」と糺問(きゅうもん)された。

「いや、どうゆう考へがあると言うのではありませんが、崇高(すうこう)なる先生の人格(じんかく)がふさわしく、特に近頃かの博士号をお受けなさらぬ御気質(ごきしつ)が何だか私をして、一茶の句を書いていただきたい気分になったのです」

と、お答えした。すると、「そうか。君はそう思ふのか。袖引(そでひ)かれては仕度(ママ)がない。書いてあげましょう」と其の時の夏目さんの笑い顔が今尚彷彿(いまなおほうふつ)として顕出(けんしゅつ)されます。

（秋元悟楼「明治俳壇を窺(うかが)ふ」『みづうみ』第三号、昭和二十七年四月五日発行、
矢羽勝幸『三愚集解説』より引用）

悟樓は漱石の人格こそが一茶を書くにふさわしいものであり、とくに博士号辞退の一件によって、余人をもって代えがたいというのです。

「末は博士か大臣か」ともて囃された時代です。明治時代において博士号は国家から授けられる最大級の栄誉でした。当時の常識では、博士号を辞退することなど考えられないことです。しかも富国強兵の明治の時世にあって、文部省に楯突いているのです。漱石にしてみれば、そもそも博士号に興味がなかったうえに、胃潰瘍で臥せっていたのにもかかわらず、強引に授与が決定されたことに憤りを感じていたようです。

この博士号辞退が、悟樓には痛快であり、一茶に通じるものがあると直感したのです。漱石は笑顔でその頼みを引き受けました。それは悟樓の図々しさや強引さに、なかば驚きなかば呆れたことによる苦笑いだったかもしれませんが、面白がって引き受けたことに違いはありません。おそらく漱石自身もまた、自分が一茶と似通ったところがあることを感じていたのではないでしょうか。

幼い五女を亡くしたばかりだったことも少なからず影響したかもしれません。漱石は、一茶もあいついで幼い子どもを亡くしていることを知っていたのでしょう。

悟樓が漱石のなかに一茶を見たのは、権力や権威への批判精神です。まさしくそれは煎茶の、売茶翁の精神です。このことについてはもう言葉を費やす必要はないでしょう。

あるがままの美

一九一一年（明治四十四年）、漱石が博士号を辞退したときの当局宛ての書簡につぎのような文言があります。

小生は今日までただの夏目なにがしとして世を渡って居りましたし、これから先もやはりただの夏目なにがしで暮したい希望を持って居ります。

夏目博士としてではなく、「ふつうの人」として、あるがままに暮らしたいというのです。この言葉は、熊本時代の次の一句を思い出させます。

菫程な小さき人に生れたし

『草枕』のなかにつぎのような文章があります。花の種類こそ違いますが、この句の世界を自解したかのような内容です。

　木瓜（ぼけ）は面白い花である。枝は頑固（がんこ）で、かつて曲（まが）った事がない。そんなら真直（まっすぐ）かと云うと、けっして真直でもない。（中略）そこへ、紅（べに）だか白だか要領を得ぬ花が安閑（あんかん）と咲く。柔（やわら）かい葉さえちらちら着ける。評して見ると木瓜は花のうちで、愚（おろ）かにして悟（さと）ったものであろう。世間には拙（せつ）を守ると云う人がある。この人が来世（らいせ）に生れ変るときっと木瓜になる。余も木瓜になりたい。

（『草枕』）

　菫ほどの小さな人に生まれたい。拙を守った木瓜になりたい。晩年、漱石は、「則天去私」という言葉で理想の境地を表現しました。我執を捨てて自然に身をゆだねるという思想が、ここでありありとあらわれています。

　一茶もまた、親鸞晩年の境地「自然法爾」のあるがままをよしとしたことは、すでに述べました。『三愚集』には興味深い句が収められています。

　生（い）きてゐるばかりぞ吾（われ）と芥子（けし）の花（はな）　一茶

これも花の種類こそ違いますが、やはり花に自身の生のありようを映し見るような詠みぶりで、漱石の菫の句に一脈通じるものがあります。この句を浄書したとき、漱石の胸のうちにはどのような感慨が湧いたのでしょうか。

『草枕』について漱石が「美を生命とする」小説であるといっていることは、先にふれたとおりです。では、その美とはどのようなものだったのでしょうか。

主人公が小天温泉の宿の湯に浸かっていると、ヒロインの那美が入ってくる場面は、『草枕』で、あるいは漱石の全作品のなかで、もっとも艶やかなところですが、一糸まとわぬ姿で湯に浸かる那美のすがたをつぎのように称えています。

始めより着るべき服も、振るべき袖も、あるものと知らざる神代(かみよ)の姿を雲のなかに呼び起したるがごとく自然である。

（『草枕』）

自然体で、あるがままの美であるというのです。また西洋の裸体画について、つぎのように批判しています。

うつくしきものを、いやが上に、うつくしくせんと焦(あ)せるとき、うつくしきものはかえってその度(ど)を減ずるが例である。（同前）

飾り立てた美しさに嫌悪感を覚えています。主人公が観海寺を訪れた際に目にした達磨の画について述べたくだりもまた同様です。

なるほど達磨の画が小さい床(とこ)に掛っている。しかし画としてはすこぶるまずいものだ。ただ俗気(ぞっき)がない。拙(せつ)を蔽(おお)おうと力(つと)めているところが一つもない。無邪気な画だ。この先代もやはりこの画のような構わない人であったんだろう。（同前）

漱石が理想とする美のありようは、あるがままの美で一貫しています。いっぽう一茶はこんなことを書き残しています。

何がしの寺に芭蕉会あり。門には蓑と笠とをかけたり。しかるに、けふは又ことさらに晴れたれば、さるもの、蓑に打水して其のぬれたるさまを見せたるも、かの翁の昔しのぶにはおもしろき企にこそあれ、一念の信、俳諧に遊ぶともがらには、かかるわざくれの事も好しからず。此の身このままの自然に遊ぶこそ尊かるべけれ。

（『あるがままの芭蕉会』）

信州のとある門人の寺で、芭蕉の忌日（時雨忌）を修するために、芭蕉会が開かれた。会場の入り口には、落柿舎に擬して、蓑と笠を掛け、晴れた日であるにもかかわらず、わざわざ蓑に水を打ってその濡れた様を美しく見せようとした。主人のもてなしの心がそうさせたのである。晴れて乾いていては、時雨忌の趣が出ない。しかし、このわざくれが気に食わない。この身、このままの「あるがまま」に遊ぶことこそ尊いのだ。（意訳）

「生きてゐるばかりぞ吾と芥子の花」と一茶が詠んだとき、世間から孤立していた一茶の心は、芥子の花と繋がって、やがてそれは読む人に繋がる。漱石にとって俳句が孤立した切れ切れの心と心を結びつけていくものであったように、一茶にとっての俳句もまた「人と人が繋がる」文芸でした。

秋元悟楼の依頼を笑って快諾したとき、漱石の心は一瞬にして一茶の心と繋がったのかもしれません。二人の境涯はよく似ています。

三歳で実母と死別し、十五歳で家を追い出されて、五十二歳で結婚するも、幼い子どもと妻をつぎつぎと亡くした一茶に自分を重ねて、幼いころ、養子に出されたこと、そしてまた実家へ戻されたこと、幼い娘を亡くしたことなどが、走馬灯のようにぐるぐると頭のなかを巡ったのではないでしょうか。

漱石が書いた『三愚集』の序には「句は一茶、画は芋銭、書は漱石。一茶は愚物也。芋銭は更に愚物也。漱石は最も愚物なり」とあります。

愚物同士、江戸と明治という時代の断絶を軽々と超えて、心は深く結びついたに違いありません。

第十二章

一茶はなぜ「辞世の句」を詠まなかったのか

菊を亡くしてから

さて、一茶の人生をたどり、彼が遺した俳句を味わいながら、生きるヒントを探る旅もいよいよ終わりが近づいてきました。

鶏の座敷を歩く日永哉　一茶

春分の日を過ぎると夏に向けて日がどんどん長くなっていき、座敷に上がりこんだ鶏が畳の上を歩いていますが、追い払われる気配がありません。一八二三年（文政六年）はこんな長閑な句から始まったのに、一茶にとってもっとも嘆きの深い年になります。

二月、妻の菊が癪（原因不明の疼痛をともなう内臓疾患）に苦しみだします。以降、激しいめまいに悩まされ、薬を飲ませても吐くような状態を繰り返し、ひどい浮腫も起こします。

四月、菊の容態は悪化し、生後一ヵ月の三男・金三郎に乳をあげられない状態になります。そこで柏原赤渋の富右衛門という者の娘が、よく乳が出るということで、金三郎をあずけることになりました。

一茶はあの手この手を尽くしさまざまな薬を手に入れ菊に与えますが、さっぱり効果がありません。

介抱の甲斐なく、五月十二日、菊は亡くなります。三十七歳の若さでした。

翌日、菊との最後の別れをさせようと、あずけていた金三郎を呼び寄せたところ、腹が背にくっつくほど痩せ細り、目も虚ろに開いたままで衰弱しきっていました。乳母の乳が出ず、水をやっていたらしいのです。急ぎあらたな乳母のもとへあずけて、なんとか一命をとりとめました。

しかし、十二月二十一日、金三郎も亡くなってしまいます。

翌年、一茶は六十二歳で再婚します。しかし、うまくいきませんでした。

相手は雪という武家の娘です。三十八歳。雪の父は飯山藩士でした。どういった経緯で結婚に至ったかはわかりません。この時代、武家は経済的に苦しい家が多く、身分や家格を越えて商家などに嫁ぐ例も少なくなかったようです。

一茶と雪とのあいだには、心がかようことはなかったようです。出自に大きな違いがあったうえに、一茶が根っからの武家嫌いであったこと。そのため、ふたりのあいだには、大きな価値観の違いがあったことが想像されます。

一茶は雪に対して、ひややかに接したのではないでしょうか。雪のほうもどこか一茶を見下すようなところがあったかもしれません。三ヵ月ももたずに離婚します。

再婚と離婚に心身をすり減らしてしまったのか、一茶は二度目の脳梗塞（中風）に倒れます。こんどは言語障害が残ってしまいます。一年にわたる長期療養生活によって身体的にも大きく衰えてしまいます。

しかし、一茶はめげません。家政婦を雇って生活の諸事をのりきり、以前と変わることなく、竹駕籠に乗って信州の弟子たちの家を指導してまわります。うまく言葉が通じない苛立ち（いらだ）はありながらも、俳諧に邁進します。

一八二六年（文政九年）、六十四歳の一茶はヤヲという女性と再再婚します。ヤヲは三十二歳、柏原の旅籠「小升屋」の奉公人でした。「小升屋」の隣家の中村家の三男・倉次郎と恋愛関係になり、倉吉という男児をもうけました。しかし、ヤヲと倉吉は中村家に引き取られることはなく、倉吉を産んだ翌年、一茶と結婚することになります。一茶は倉吉も引き取ります。

ヤヲにはなかなか複雑な背景がありましたが、跡継ぎが必要だった老齢の一茶にすれば、悪い話ではなかったと思います。

翌一八二七年、一茶一家は柏原大火に遭います。自宅の母屋は全焼、土蔵での暮らしを余儀なくされたことはすでにふれました。そうした困難のなか、ヤヲとどういった生活をし、関係を深めていったかはよくわかっていません。

その年の十一月十九日、ヤヲたちに看取られながら一茶は亡くなります。

生にしがみつく

俳人は辞世の句を遺すものです。

たとえば芭蕉であれば、この句が辞世として喧伝されています。

旅(たび)に病(や)んで夢(ゆめ)は枯野(かれの)をかけ廻(めぐ)る　　芭蕉

正岡子規の絶筆三句も有名です。

糸瓜咲て痰のつまりし仏かな
痰一斗糸瓜の水も間にあはず
をととひのへちまの水も取らざりき
子規

かつて日本では、俳人や歌人にかぎらず、為政者はもちろん、ときには一般人さえ辞世を遺しました。辞世を詠むことは、新しい一年を「歌会始」で迎えるこの国の流儀とでもいうべきものかもしれません。

生涯に二万句を詠んだ一茶は、辞世の句を遺しませんでした。本章では、なぜ一茶は辞世を詠まなかったか、その謎を解くとともに、苦難に満ちた人生を、それでもなぜか愉快に生き抜いた一茶の晩年を見ていくことにします。

春立や愚の上に又愚にかへる

一八二三年（文政六年）、六十一歳の歳旦吟、つまり元日に詠んだ句です。「春立つ」

といっていますが、旧暦では元日と立春がほぼ重なっていました。

還暦を過ぎて一年が経ち、これまで愚に生きてきたが、またさらに愚に帰っていくといっています。ここでいう「愚」とは、悟りを開き得ないで煩悩にさいなまれながら生きていることを指します。一度も悟りを開かなかったという親鸞が越後に流されて「愚禿」と名乗った、あの「愚」です。

真宗の開祖・親鸞をもって悟りが開けなかったのですから、一茶は自分が悟り得ない人間だということをじゅうぶん知っていました。

そうであるならば、「愚」に徹して生きようというのです。「愚」に馴れるのではなく、「愚」に徹して生きる。掲句はその意志表明なのです。

この句にはまえがきがあります。老人一茶の心境を知るうえで興味ぶかいものです。


今迄にともかくも成るべき身を、ふしぎにことし六十一の春を迎へるとは、実にげに盲亀の浮木に逢へるよろこびにまさりなん。されば無能無才も、なかなか齢を延る薬になんありける。

すでに死んでいてもおかしくない自分が、奇跡的に今年六十一歳の春を迎えることができた。それは溺れている目の見えない亀が浮木をみつけたときの喜びに勝る。自分は無能無才であるが、それも長生きの薬になっているだろう。(意訳)

一茶は生にしがみつき、いのちがあることを手放しでよろこんでいます。自分は無能無才でなんの取り柄もない愚かな人間であるけれども、この歳まで生きていることはすばらしいといっています。

歯のない口で福は内

老化は「歯」からはじまるといわれますが、一茶は四十九歳ですべての歯を失います。現代からみれば大変な驚きですが、人生五十年といわれた時代にあっては、四十九歳という年齢はじゅうぶん老齢といえるものでした。

一茶は最後の歯を失ったときの様子をつぎのように書き記しています。

十六日の昼ごろ、キセルの中塞(ふさ)がりてければ、麦わらのやうに竹をけづりてさし入れ置たりけるに、中につまりてふつにぬけず、竹の先僅爪のかかる程なれば、すべきやうなく、欠け残りたるおく歯にてしかと咥へて引たりけるに、竹はぬけずして、歯はめりめりとぬけおちぬ。あはれ、あが仏とたのみたる歯なりけるに、さうなきあやまちせしもの哉。かの釘ぬくものもとせば、力も入らず、すらすらとぬけぬべきを。

（『我春集』）

六月十六日の昼ごろ、いつものようにキセルで煙草をふかしていたところ、キセルの中が詰まってしまいます。

麦わらのように細く竹を削って差しこんでみるのですが、こんどはその竹がキセルの中に深く入りこんでしまい、いっこうに抜ける気配がありません。竹はわずかに爪がかかるかどうかというほどしか、先が出ていない状態だったので、しかたなく欠け残っていた奥歯でしかと咥えて引っぱったところ、竹は抜けずに、奥歯がめりめりと抜けてしまいました。

頼みにしていた最後の一本の歯であったのに、とんでもない失敗をしてしまったことだと一茶は嘆きます。釘抜きを使えば、すらすらと抜けたであろうにと後悔しますが、失った歯はもうもどりません。

一茶は残った一本の歯を器用に使って暮らしていたようです。その大事な歯を失ってしまったのですから、ショックは大きかったはずです。じっさいに一茶の文章はくやしさに満ちていますが、しかしいっぽうで、どこか大仰な感じがあり、わざと道化を演じて読者を面白がらせているようでもあります。

それは、この歯のことを詠んだほかの句からも読み取ることができます。

なけなしの歯をゆるがしぬ秋の風
すりこ木のやうな歯茎も花の春
かくれ家や歯のない口で福は内

一句目はまだわずかに歯が残っていたころのもの。「秋の風」は古来より寂寥を湛えるものとされてきました。一茶の心をそこはかとないかなしみが襲ったのです。

二句目。歯をすべて失って、歯茎もすりこ木のようにすり減ってしまった老いの身ながら無事、新春を迎えることができて、めでたいという句。

三句目は節分の豆まきの様子。歯のない口で「福は内」と叫んでいる様子です。「ふわわーふち」と発したのかどうかはわかりませんが、滑舌もよくないことが想像できます。いずれも自虐の句です。

このように一茶は自分で自分の老いを笑い飛ばしました。みずからの肉体的衰えを受け入れ、さらにはそれを自虐的な笑いに転じているのです。

いつまでも元気で若々しくあることはすばらしいことかもしれません。老いにうち勝って若さを保つ。世間でいうところのアンチエイジングです。誰しもそれができればいいのですが、びっくりするくらい若々しい女優さんやマッチョな男優さんのようになるには時間も努力もお金も必要でしょう。大半の人は加齢にうち勝つことはできません。だとすれば、どのように生きたらよいか。一茶のように衰えたなりの自分を好きになることが大事ではないでしょうか。

病や衰えに寄り添って老いたなりに精一杯生きている姿こそ美しく、誇らしく、感動的なのです。

老梅(ろうばい)の生(な)るやいかにも痩我慢(やせがまん)

老いた梅の木に梅の実が生る。それがいかにも不自然で、痩せ我慢しているようだというのです。老木なんだから実をつける必要なんかないと一茶はいいたいのです。一茶自身、老齢になって若い妻を娶り、子どもをもうけていますので、自虐的におのれを省みた句とみることもできます。一茶には老いても衰えたなりの自分でありたいという思いがありました。

しかし、人生、なかなか思うようにはいきません。そういったとき、一茶は句に詠むことで自省していました。

自省することも老いを生きる上でだいじなことだと一茶は教えてくれます。

生きてるだけでまる儲け

一八二〇年（文政三年）、五十八歳のときに一茶は中風に罹ってしまいます。いまでいう脳梗塞です。雪道で転倒し、一時は半身不随になって歩行もままならなくなりますが、奇跡的に回復に向かいます。

そして年が明けて最初に詠んだ句ですが、これがたいへんおもしろい句です。

　　ことしから丸儲ぞよ娑婆遊び

　一度は脳梗塞で死んだ身だったのに、奇跡的にいのちが助かり、ここからの人生は丸儲けだといっています。

「娑婆」とは「苦しみが多い現世」という意味の仏教用語です。ですので、生き難いこの世であるけれども、残りの人生を丸儲けだと思ってぞんぶんに楽しむぞといっていることになります。とても前向きな句です。

「生きてるだけで丸儲け」は別府温泉を一大観光地にした実業家・油屋熊八（一八六三～一九三五年）の言葉だといわれていますが、この句が謳っているのは、まさにそういった感慨です。波乱万丈の人生を送った熊八が言う前に、すでに一茶が同じようなことを句にしていました。

「生きてるだけで丸儲け」は、タレントの明石家さんまさんが「座右の銘」にしているそうです。ペーソスが感じられてわれわれ日本人にはとてもしっくりくる「人生哲学」ではないでしょうか。

いろいろ不自由なことはあるけれども、いのちがあるだけで十分。いただいたいのちに感謝しながらぞんぶんに生きる。この句にはそうした思いがこめられています。

とにかく一茶という人は、逆境にあってもめげませんでした。この句を詠んだときも、まだ脳梗塞の後遺症が残っている状況でしたが、逆境のなかでも明るい光を見出すことができる強さをもっていました。


死下手（しにべた）とそしらば誹（そし）れ夕炬燵（ゆふごたつ）

同じ年に詠んだ句です。だれかに意地悪く「死にぞこない」と揶揄されたのでしょうか。一茶はぬくぬくとした炬燵のなかで聞こえないふりをしています。

古い時代の日本においては、潔く死ぬことが美徳でした。引き際の美しさこそが、なによりも尊いものとされました。それは武士が活躍した戦乱の時代に適う美徳です。江戸幕府の太平の世になると、時代が下るほど、栄養状態がよくなり、医学も進歩し、庶民であっても一茶のように長生きする人がたくさんあらわれるようになります。

一茶の時代には一茶のほかにも「死下手」とそしられる老人がたくさんいたのかもしれ

ません。

「脳梗塞でそのまま死ねばよかったのに」という意地悪な声に対して、一茶はひらきなおります。脳梗塞を乗り越えた一茶からすれば「生きてるだけで丸儲け」なのです。

誰になんといわれようと、どんなにぶざまであろうと、与えられたいのちを全(まっと)うする。

それが一茶の美学でした。

昔も今も「嫌老社会」

いまの日本で高齢者のおかれている状況はいささか複雑です。

以前の日本であれば、高齢者は敬われるとともに、弱いものとして守られるべき存在でした。終身雇用で一つの会社を勤め上げ、昔は五五歳、その後引き上げられ六十歳で定年退職。リタイヤしたあとは、人口の多い若い人たちに社会を支えてもらい、年金などの手厚い社会保障を受け、老後はゆうゆうと過ごす。そうした人生設計を立てておけばじゅうぶんでした。

しかし、その後、少子高齢化した日本では、団塊の世代（一九四七年生まれ〜一九四九年生まれ）が退職した二〇一〇年以降、慢性的なデフレと不景気による雇用条件の悪化や非正規雇用者の増大などで、若者が、リタイヤした高齢者より「貧しく弱いもの」となって、年金に守られた高齢者は社会的強者とみなされるようになってしまいました。そこに、コロナ禍もあいまって世代間の軋轢と分断を生んでしまっています。

じっさいには貧しい高齢者の方も少なくありませんので、このような対立構造でとらえる見方は安直だと思うのですが、そんな風潮が高まっているということは、それだけ社会構造が大きく歪んでしまったということです。その社会の歪みが解決される見込みもなく放置されていることで、老いたものに不安が、若いものには不満があふれているということではないでしょうか。

高齢者にとっても若者にとっても生き難い時代です。

老角力（おいずもう）勝てば勝つとてにくまるる

相撲を詠んだ句です。一茶の時代、相撲は人気の娯楽のひとつでした。

老いたベテラン力士が若い力士に勝つ。肉体的ピークを過ぎた老力士が奮闘している姿をはじめはだれもが応援します。

しかし、この老力士はあまりにも強く、若い力士をつぎつぎとなぎ倒していきます。そうなってくると話は変わってきます。人間の心理はおもしろいもので、観ているうちに白けてくるのです。老力士といえども、あまりに強いとだんだん応援されなくなり、かえって憎まれるようになる。いつまでも若者の前に壁として立ちふさがると嫌われてしまうのです。

どのような分野でも、高齢者が老いてなお、強大な力を発揮することを人は望みません。衰えたなりの姿にこそ人は感動するのでしょう。この句は高齢者に対するそうした微妙な心理をよくとらえています。

一茶自身は五十一歳で江戸での俳諧師としての生活を捨て、故郷の信州柏原に帰住しました。当時の俳諧番付（相撲番付のように俳人を格付けしたもの）で最上位クラスに格付けされるなど、俳壇で高く評価されていましたが、中央俳壇からきれいさっぱり足を洗っています。帰住にはさまざまな要因があったと思いますが、まちがいなく言えることは俳壇的名利よりも、生まれ故郷での暮らしを選択したということです。

一茶には老いてまで俳諧師としての名利にしがみつく気はなかった、つまり早々に土俵を降りたのです。

日本ではこのところ、あらゆる分野で世代交代の必要性が叫ばれてきました。それでもなお、この国の中枢にいるのは高齢者です。政界でも大企業でもそのトップはほとんどが高齢者です。そうしたことは一茶の時代も変わりませんでした。

その人が社会的強者であればあるほど、身を引くということはありませんでした。一茶の時代でいえば、将軍がよい例です。当時は、第十一代将軍、徳川家斉の治世でしたが、在任期間は歴代将軍のなかで最長の五十年。そのうえ息子の家慶に将軍職を譲ってからも実権を握り続けました。当時の俳壇もそうです。一派を構え、俳諧番付の上位に格付けされるのは老人ばかりでした。

いつの時代も老人は社会的強者だったのかもしれません。社会的強者であればあるほど、そうやすやすと既得権益を手放すはずがありません。

現代ではこうした風潮のなかでいつしか若者の高齢者への不満は憎悪となり、さきにもふれたような世代間の対立につながっています。五木寛之氏は『孤独のすすめ』のなかでこうした状況を「嫌老社会」といっていますが、老人が社会的強者とみなされ、嫌われる時代にあって「老角力勝てば勝つとてにくまるる」は、より切なく、より皮肉な色あいを帯びてくるのではないでしょうか。

衰えや病と寄り添って

とはいえ、大半の高齢者はとくべつ強者というわけではありません。年金制度が不安定になっていく今後、老人はほんとうの弱者になっていくと予測されています。すでに高齢者の間でも格差が広がりはじめており、高齢者の貧困問題は大きく取り上げられています。

かりに社会的強者であっても、どんなに裕福な人であっても、老いからくる身体の衰え、精神の孤独は、にわかには解決できない問題です。

老が身の値ぶみをさるるけさの春

一茶もまた老いからくる衰え、そして孤独をひしひしと感じていました。

序章でも取り上げた句ですが、老いて世の役に立たないものとみなされる辛さは、現役時にがむしゃらに働いてきた人ほど大きなものがあるはずです。

極貧の江戸での暮らしを経て、五十一歳でふるさと信州柏原に帰住してからは、一茶もそれなりの暮らしをしていました。地方の一農家ですから、とくべつ裕福というわけではなく、社会的強者でもありません。ごくふつうの庶民です。当時、すでに名の知れた俳人ではありましたが、中央俳壇からは離れてしまっていました。

そうした一庶民である一茶がどのように老いと向きあったかということは、わたしたちが老いを迎えるうえで、なにがしかの参考になるのではないかと思います。くりかえしになりますが、わたしたちよりはるかに悲惨な目にあっているにもかかわらず、一茶の老年はじつに楽しそうなのです。

一茶は老いからくる衰えをさまざまなかたちで詠んでいます。

老いけりな扇（あふぎ）づかひの小（こ）ぜはしき
老いぬれば只蚊（ただか）をやくを手がら哉（かな）
老いぬれば日（ひ）の永（なが）いにも涙（なみだ）かな
老いたりな衾（ふすま）かぶるもどつこいな
老いぼれと見（み）くびつて蚤（のみ）も逃（にげ）ぬ也（なり）

一句目、ぱたぱたとせわしなく扇であおいでいる落ち着きのない様子です。老年になると前頭葉の機能が衰え、気持ちの抑制がききにくくなるといいますが、年甲斐もなく落ち着きのない様子は、みっともない印象を与えます。

二句目、蚊を焼くことでしか人の役に立たないといっています。隠居状態で社会の役に立てず、ふだん人に褒められることもない。そんな孤独を苦笑交じりに詠んでいます。

三句目、春になると日が長く感じられるようになりますが、それにさえ涙してしまうというのです。誰しも年を重ねるほどに涙もろくなるものですが、一茶もまた例外ではなかったのです。

四句目、衾はいまでいうふとんのこと。「どっこいな」は掛け声で、どっこいしょ、と同じです。ふとんを被るのも一苦労で骨が折れるというのです。

五句目、蚤も逃げないというのです。ずいぶんみくびられたものだと自嘲しています。しかし、そういいながらも、蚤への視線には一茶らしく温かいものがあります。

いずれも老いからくる衰えを詠んだものですが、老いの特徴をうまくとらえています。老いをかかえた自分を「滑稽と諷刺」の視点で描いているので、くすりとさせられます。

死ぬのが恐い

死について、たとえば西行（一一一八〜九〇年）はつぎのような和歌を詠んでいます。

願はくは花の下にて春死なむその如月のもちづきのころ　西行

できることなら旧暦二月の満月のころ、満開の桜の下で死にたいといっています。幻想的で美しい世界。みずからの理想の死を述べています。常に「死にざま」を考えている人にしか、このような歌を詠むことはできません。

西行は源平の争乱の時代の人であり、もともと武士でもあるので、中世の美学を生き、みずからの死でさえ潔く美しく演出しているのですが、一茶はそうした美学はもちあわせていませんでした。

花の影寝まじ未来が恐ろしき

一八二七年（文政十年）、一茶が六十五歳で亡くなる年に詠まれたものであり、晩年を代表する一句です。このとき一茶は自身の死を予感していたでしょう。というよりひたひたと近づいてくる死を実感していたのかもしれません。脳梗塞で倒れ、言語障害が残るなど、自身の体の衰えは隠せません。

この句は、西行の和歌を踏まえています。一茶は美しくも不穏に咲く桜に、自身の命を奪われそうになる不安を覚えました。「未来」とは、ここでは死後の世界のことを指しています。桜の花の影で眠ったらそのまま死んでしまうから、うかうか眠れないというのです。ちなみに西行は、歌で願ったとおり、旧暦の二月十六日、桜のころに亡くなりました。

死を恐れない西行の潔さにくらべると、「死ぬのが恐い、死にたくない」と本音を吐いて、なんとも無様というか往生際が悪いというか、つまり一茶は西行の美しい世界に仮託しながら、まったく逆のことを詠んでいるのです。

生に執着する、その往生際の悪さこそ、まさに一茶の真骨頂です。死を恐れることは煩悩であり、愚かな人間は煩悩があればこそ、笑ったり泣いたり、喜怒哀楽に翻弄されるもので、一茶はそのあるがままを受け容れて生きてきました。一茶には、「老後」とか「余生」といった言葉は無縁でした。生きている最後の一瞬まで、凡夫、煩悩にとらわれている愚かな人間の生を懸命に生き抜こうとしたのです。

歎異抄には、唯円が親鸞に「念仏を申していましても、どうしたわけでしょうか、念仏すれば、自然に生ずるといわれる、踊りたくなるような、とびはねたくなるような強い喜びの心がちっともわいてきません。また、楽しいはずの極楽浄土に早く行こうとする気もさっぱりございません。これは一体全体どうしたことでございましょうか」（『梅原猛の「歎異抄」入門』）と尋ねるシーンがあります。これに対して親鸞はこう答えます。

浄土へいそぎまひりたきこゝろのなくて、いさゝか所労のこともあれば、死なんずるやらんとこゝろぼそくおぼゆることも、煩悩の所為なり。久遠劫よりいまゝで流転せる苦悩の旧里はすてがたく、いまだむまれざる安養浄土はこひしからずさふらふこと、まことによくよく煩悩の興盛（こうじょう）にさふらうにこそ。なごりおしくおもへども、娑婆の縁つきて、ちからなくしておはるときに、かの土（ど）へはまひるべきなり。

「早く浄土へ行きたい」と急ぐ心がなくて、ちょっとした病気に罹っただけで「死んでしまうんじゃないか」と心細くなってしまうことも煩悩のせいなのです。はるか遠い昔から、生まれかわっては、死にかわって流転してきた、この苦しみに満ちた故郷を捨てがたく思い、いまだ生まれ落ちたことのない安らかな極楽浄土を恋しく思わないこと、それも、わたしたちの心に煩悩が盛んに湧き起こっている証拠なのです。この世のことを名残り惜しく思うけれども、現世での寿命が尽き、死んでしまわねばならぬときになって、ようやくあの世へ行くのが凡夫の常であります。（意訳）

一八二七年（文政十年）十一月十九日、一茶は不意に気分が悪くなり寝込んでしまいます。申の下刻（十六時半過ぎごろ）、一茶は土蔵で亡くなりました。一茶の弟子、文虎（ぶんこ）が『一茶翁終焉記』に書き残したところによれば、一茶はみずからの最期にあって、ただ一声、「南無阿弥陀仏」と念仏を唱えたといいます。一茶は辞世を遺しませんでした。

一茶が辞世を遺さなかったのは、ふたつの理由があると考えます。

ひとつは辞世を遺すことは一茶にとって、「わざくれ」であったということです。

多くの場合、辞世は前もって用意しておくものでした。死の間際に即吟するというよりは、自身の死が近いことを悟ったとき、余力があるうちに、あらかじめ詠んでおくものだったのです。また、辞世は自身の人生の集大成を表現するものであり、歌や句によって、自らの最期を飾るものでもありました。一茶は、わざわざ辞世を事前にこしらえて、自らの人生を飾り立てるようなことはしなかったのです。

ふたつめには、有名俳人・一茶として死ぬのではなく、あくまでも名もなき門徒の一人として生を全うしたかったということです。最期の言葉が「南無阿弥陀仏」の念仏であったことが、なによりの証しです。一茶が辞世を遺さなかったのは、一門徒として、どんなにぶざまであろうとも、最後の最後まで与えられた生命を生きた結果なのです。

一茶には個人の墓はありません。小林家代々の墓が柏原・明専寺(みょうせんじ)の裏の小高い山の上にあり、そこで先祖や家族とともに眠っています。

あとがき

俳句によって人生を救われたという声をよく聞きます。私自身も俳句に救われた一人です。学校生活に馴染めず、高校を中退し、大人や社会に不信感を抱いていた十代の孤独を救ってくれたのは俳句でした。

いまは俳句結社「古志」の主宰を務めていますが、志をともにする仲間たちと俳句で心を通わすことができる環境が、いかにありがたいものか、年を経るごとに身にしみて感じられます。

一茶もまたそうでした。一茶が抱えていた孤独。それを楽しいものに変えたのは、俳句（俳諧）であったことは本書で述べてきたとおりです。俳句には孤独を楽しいものにする力があるのです。

現代では老若男女問わず、職場での人間関係、友人との関係、ときには家族との関り方にさえ悩み、疲弊し、しかし、それを誰にも言えず、どうすることもできずに抱え込んでしまい、孤独を深める。そうした傾向が年々、顕著になっているように感じます。そのうえ、人生百年時代を迎え、わたしたちは自らのうちに「老い」というあらたな孤独の種を宿すことになりました。

どのように「老い」を生きるか。このことは本書の大きなテーマの一つです。苦難続きの境涯を飄々と生き抜き、俳句とともに時代の荒波を乗り越えていった一茶の老いとの向き合い方は、わたしたちが老いを楽しく生きるヒントになるはずです。また、一茶や俳句についてはじめてふれたという方が、本書をきっかけにして興味を深めていかれることを心から願っています。

本書では江戸時代の日付については旧暦で統一しています。現代においても俳句の季語は旧暦をもとにしているためです。

また、書中に引用した句や文の表記については、読みやすさを考慮し、送り仮名を付けるなど、一部、原文から表記を改めています。

巻末で甚だ失礼なことですが、本書の出版にあたっては、多くの方々の御恩を賜りました。
日頃から執筆の後押しをしてくださり、帯文まで賜りました長谷川櫂先生、一茶研究に進むきっかけを作ってくださり、多大なる学恩を賜りました矢羽勝幸先生にもこの場を借りてあらためて御礼を申し上げます。

二〇二一年九月

大谷弘至

編集／加藤企画編集事務所
ＤＴＰ／市川真樹子

中公新書ラクレ
746

楽しい孤独
小林一茶はなぜ辞世の句を詠まなかったのか

2021年11月10日発行

著者……大谷弘至

発行者……松田陽三
発行所……中央公論新社
〒100-8152 東京都千代田区大手町 1-7-1
電話……販売 03-5299-1730 編集 03-5299-1870
URL http://www.chuko.co.jp/

本文印刷……三晃印刷
カバー印刷……大熊整美堂
製本……小泉製本

Published by CHUOKORON-SHINSHA, INC.
Printed in Japan ISBN978-4-12-150746-4 C1295

中公新書ラクレ　好評既刊

L585 孤独のすすめ
――人生後半の生き方

五木寛之 著

「人生後半」を生きる知恵とは、パワフルな生活をめざすのではなく、減速して生きること。「前向きに」の呪縛を捨て、無理な加速をするのではなく、精神活動は高めながらもスピードを制御する。「人生のシフトダウン＝減速」こそが、本来の老後なのです。そして、老いとともに訪れる「孤独」を恐れず、自分だけの貴重な時間をたのしむ知恵を持てるならば、「人生後半」はより豊かに、成熟した日々となります。話題のベストセラー!!

L655 独学のススメ
――頑張らない！「定年後」の学び方10か条

若宮正子 著

「趣味がない」なんてしょんぼりしなくて大丈夫。「やりたいこと」の見つけ方、お教えします。何歳からでも〝成長〟できます。定年後はますます楽しくなります――。定年後に「独学」でプログラミングを学び、世界最高齢のアプリ開発者として一躍有名人に。英語のスピーチはグーグル翻訳で乗り切り、旅先で知り合った牧師さんの家を訪ねてみたり。自由気ままな84歳。毎日を楽しく生きるコツは、頑張りすぎない「独学」にありました。

L695 回想のすすめ
――豊潤な記憶の海へ

五木寛之 著

不安な時代にあっても変らない資産がある。それは人間の記憶、一人ひとりの頭の中にある無尽蔵の思い出だ。年齢を重ねれば重ねるほど、思い出が増えていく。記憶という資産は減ることはない。齢を重ねた人ほど自分の頭の中に無尽蔵の資産があり、その資産をもとに無限の空想、回想の荒野のなかに身を浸すことができる。これは人生においてとても豊かな時間なのではないだろうか。最近しきりに思うのだ。回想ほど贅沢なものはない。